버디

청소년 소설
버 디

글 현정란

펴낸날 2017년 11월 20일 초판1쇄 | 2019년 5월 29일 초판2쇄
펴낸이 김남호 | 펴낸곳 현북스
출판등록일 2010년 11월 11일 | 제313-2010-333호
주소 04071 서울시 마포구 성지길 27, 4층
전화 02)3141-7277 | 팩스 02)3141-7278
홈페이지 www.hyunbooks.co.kr | 카페 cafe.naver.com/hyunbooks
ISBN 979-11-5741-109-2 43810

편집 노계순 이경희 | 디자인 김영미 정진선 | 마케팅 송유근 | 영업지원 함지숙

버디

현정란

현북스

차례

만남

한울 1

- kc형! 보홀 날씨 어때요?

○ 굿.

- 발리카삭은 그대로겠죠?

○ 당연하지.

- 람보랑 아톰도 잘 있죠?

○ 그럼.

- 발리카삭이 지금도 눈에 선해요.

○ 한울, 너는 대환영이다. 오고 싶을 때 언제든지 와라.

어, 저, 저 녀석이 또 잔디를 파고 있네. 한울, 잠깐만!

● 람보요?

○ 응. 자꾸 잔디를 파서 문제야. 묶어 놓을 수도 없고….

kc형이 컴퓨터 앞을 떠났는지 화면이 정지되었다.

한울은 '오션어스샵' 마당 모서리에 있는 잔디를 파던 람보를 떠올렸다. 샵에 있는 동안 람보는 kc형 몰래 잔디를 파서 종종 혼이 나곤 했다.

'람보 녀석, 여전한가 보네.'

부산 영도 태평양해양산업에서 산업잠수사로 일하던 kc형은 결혼하면서 세부 보홀에 정착했다. 그는 보홀 리바옹 비치 바닷가에 있는 오션어스샵을 운영하면서 스쿠버 강사로 활동하고 있다. 한국에서 스쿠버 투어를 가는 동호회 회원들에게 보홀 바다를 안내해 주면서 바닷속 물고기와 산호를 촬영해 도감을 만드는 일도 하고 있다.

한울은 2월 초, 중학교 졸업 기념으로 세부 보홀 발리카삭으로 스쿠버 여행을 갔다. 그때 오션어스샵에 머물면서 kc형과 친해졌다. 햇볕에 그을린 잿빛 피부가 매력적인 kc형이 발리카삭 바닷속을 자기 집 앞마당처럼 누비는 것을 보며 멋있다고 생각했다.

발리카사삭은 스쿠버들의 순례지와 같은 곳이다. 각양각색의 산호와 물고기뿐만 아니라 거북이를 마음껏 볼 수 있어서 세계 각국 스쿠버 동호회 회원들이 몰려들었다.

한울은 보홀에 갔다 온 후 틈나는 대로 kc형과 메신저를 했다. 형은 가끔 바닷속에서 촬영한 것들을 보여줬다. 한울은 형과 대화를 나누면서 남태평양 바다에 관심을 갖게 되었고 바닷속 세계를 알아가는 재미에 푹 빠지게 되었다.

컴퓨터에서 '띠링' 소리가 났다.

○ 한울, 오늘은 그만해야겠다.

● 네. 근데 람보는요?

○ 내가 쫓아 나갔더니 언제 그랬냐는 듯이 딴청을 피우더라.

 나쁜 녀석!

● 람보는 그러고도 남을 거예요.

○ 오늘 나무섬 투어 간다고 했지?

● 네.

○ 투어는 항상 즐겁게!

● 당연하죠. 항상 즐겁게!

한울은 컴퓨터에서 눈을 떼고 기지개를 켰다. 스쿠버 장비가 눈에 들어왔다. 아빠와 엄마의 손길이 묻어 있는 장비였다. 지금은 아빠와 엄마가 함께 하고 있지만 언젠가는 자신도 함께 할 수 있는 장비들이었다.

kc형 메신저 화면이 사라지고 트리거피시*가 헤엄치고 있는 화면이 나타났다. kc형이 보내준 사진이었다.

'트리거피시는 이빨이 날카로우면서 공격성도 강하다고 했어. 트리거피시를 만나게 되면……'

kc형이 트리거피시는 조심해야 할 물고기 중 하나라고 했다. kc형 슈트를 물어뜯은 트리거피시가 대단한 놈인 것은 분명하다.

"한울, 무슨 생각 하고 있냐?"

백상아리 아저씨가 한울 어깨를 툭 쳤다.

"아저씨, 언제 오셨어요?"

"방금. 엄마, 아빠는?"

"보트 점검하고 온다고 했어요."

"다른 분들은 아직 안 왔니?"

---

* 학명은 Balistoides Viridescescens라고 불리는 물고기다. 75cm까지 자라는 타이탄트리거피시는 어두운 바탕에 황록색 또는 파란색의 그물눈 무늬가 있다. 혼자 다니며 둥지를 튼 암컷은 주변을 지나는 다이버를 공격하기도 한다. 상당히 위협적이라 바닷속의 깡패라는 별명을 가지고 있다.

"아저씨가 항상 일빠잖아요."

백상아리 아저씨는 소파에 앉아 스쿠버 잡지를 펼쳤다.

한울은 백상아리 아저씨가 좋다. 자신이 닮고 싶은 사람 중한 명이다. 스쿠버를 할 때면 바닷속 쓰레기들을 망태기에 가득 채우고 나오는 아저씨를 동호회 분들은 '그린 스쿠버'라고 부른다.

샵 문이 열렸다.

빠글빠글 파마를 한 머리카락, 빨간 꽃무늬 몸뻬 바지에 삼디 슬리퍼가 눈에 들어왔다. 허리를 굽힌 채 고개를 푹 숙이고 있어서 누군지 알 수 없었다.

"누, 누구세요?"

한울은 파마 머리카락과 꽃무늬 바지를 의아한 눈으로 바라봤다. 백상아리 아저씨도 잡지에서 눈을 뗐다.

그때 파마머리가 고개를 번쩍 들었다.

"크하하하, 놀랬지?"

"차돌 아저씨!"

"차돌 형님!"

한울 눈은 빠글빠글 파마 머리카락에 멈추었다.

"아저씨, 빠글빠글 파마 언제 한 거예요?"

"어떠냐? 멋있냐?"

"완전 이상한 할아버지 같아요."

한울은 웃음을 애써 참으며 대답했다.

"형님, 뭔 일 있으세요?"

"뭔 일은… 그냥 심심해서 해 봤어."

"파마 머리카락이 아저씨 얼굴이랑 따로 놀아요. 벗겨진 이마에 파마… 완전 웃겨요. 꽃무늬 바지까지… 푸하하하."

한울은 웃음을 터트렸다.

"한울, 그렇다고 대놓고 웃으면 안 되지. 이래 봬도 울 마나님이 멋있게 해 준 거라고. 이 냉장고 바지는 길거리에서 산 거야. 내 머리카락과 잘 어울리지 않냐?"

"히히히, 완전 대박이에요."

"형님, 또 형수님한테 꼬투리 잡히셨군요."

"차돌 아저씨, 이번에도 카드값 엄청 나온 거죠?"

차돌 아저씨가 한울 머리에 알밤을 한 대 먹였다.

"이 녀석아, 그런 건 몰라도 돼!"

그때 문이 열리며 남방돌고래 아저씨가 들어왔다.

"혀, 형님들 먼저 왔네요."

"남방돌고래는 혼자면서 왜 맨날 늦게 나타나는 거야."

차돌 아저씨가 남방돌고래 아저씨에게 타박을 주었다.

"차돌 혀, 형님, 머리가 왜 그래요? 꼬, 꽃무늬 바지는……"

"멋있잖아. 내가 자네 것도 사려다가 참았어. 어때? 자네 것
도 사 줄까?"

남방돌고래 아저씨는 차돌 아저씨를 향해 손사래를 쳤다.

"나, 난 됐어요. 여, 여자들이 다 도망가요."

"여자에게 관심은 있나 보네. 자넨, 말 더듬는 것만 고치면
여자들이 줄 설 거야."

"혀, 형님 더, 덕분에 많이 고쳐졌어요."

"또, 또! 천천히 하라니까. 또 말 더듬으면 우리 마나님에게
데리고 가서 자네 머리도 뽀글뽀글 지져 버릴 거야."

차돌 아저씨 으름장에 남방돌고래 아저씨는 고개를 절레절
레 흔들었다.

"아, 아, 안 돼요."

남방돌고래 아저씨가 2년 전 처음 스쿠버를 배우고 싶다고
샵에 왔을 때는 말을 많이 더듬었다. 남방돌고래 아저씨가 오
픈워터 자격증*을 취득하고 나서 처음 나무섬으로 1박 2일 투
어를 갔을 때였다. 저녁을 먹고 모여 앉아 이야기를 나눌 때 한
울은 남방돌고래 아저씨에게 물었다.

"아저씨는 잘생긴 데다 성격도 좋고 다 괜찮은데 왜 말을 더

* 버디와 함께 바다로 나갈 수 있다는 자격을 증명해 주는 것이다.

듣는 거예요?"

남방돌고래 아저씨가 한울을 물끄러미 바라보더니 힘없이
고개를 숙였다. 엄마가 한울에게 눈을 흘겼다.

"한울! 개인적인 일은 물어보지 않는 게 우리 샵 철칙이잖
아."

"아저씨는 말만 더듬지 않으면 완벽한데……."

"얘가!"

엄마가 눈에 힘을 주며 목소리를 높였다.

"아, 아니예요. 하, 한울이 구, 궁금해하는 게 다, 당연하죠.
마, 말 더듬는 것만 빼면이라는 마, 말 마, 많이 드, 들었어요.
여자를 소개받기도 해, 했고, 서, 선도 마, 많이 봤는데 마, 말
더듬는 거 때문에 겨, 결국 퇴짜 마, 맞았는 거, 걸요. 이, 이젠
포기했어요."

"여자들 눈이 삔 거지. 자네처럼 좋은 남자를 몰라보는 여자
하고는 결혼 안 해도 돼!"

차돌 아저씨가 흥분해서 목소리를 높였다.

"그, 그래도 겨, 결혼은 하고 싶어요."

"그, 그럼 결혼해야지. 자네를 알아주는 여자가 있을 거야.
말 더듬으면 어때. 자네처럼 순수한 남자는 천연기념물이야.
암, 자넨 너무 순수해서 탈이지."

차돌 아저씨는 멋쩍은 듯 앞이마를 쓰다듬었다.

"제가 어릴 때부터 마, 말을 더, 더듬은 건 아니에요. 초, 초등학교 5학년 때 와, 왕따를 다, 당하면서 무서운 치, 친구들을 보면 마, 말을 더듬기 시작했어요. 그전에는 치, 친구들과도 자, 잘 지냈는걸요."

"정말이야? 믿기지 않는걸."

차돌 아저씨가 눈을 치켜뜨며 물었다.

"저, 정말이에요. 서, 선생님이 저만 펴, 편애한다고 치, 친구들이 나쁜 소문을 내기 시작했어요. 서, 선생님한테 마, 말했는데 그때부터 와, 왕따가 시, 심해졌어요. 주, 중학교 가서도 와, 왕따는 계속됐어요. 저, 점점 시, 심해졌는데… 그때부터 마, 말을 자, 잘 아, 안 하게 돼, 됐어요. 벼, 병원에도 다녔어요. 마, 많이 고쳐지긴 해, 했지만 바, 받침이 이, 있는 마, 말은 자, 잘 아, 안 고쳐져요."

"자네, 처음부터 말을 더듬은 것이 아니었어? 그러면 쉽게 고칠 수도 있겠네. 조금만 신경 써서 말하면 더듬지 않게 될 거야."

차돌 아저씨가 남방돌고래 아저씨 어깨를 툭툭 쳤다. 백상아리 아저씨도 한마디 했다.

"그럼, 고칠 수 있지. 두려워하지 말고 천천히 말을 하도록 하게. 자넨 스쿠버를 하는 멋진 남자잖나."

"모두 고마워요."

한울이 남방돌고래 아저씨를 보며 소리쳤다.

"말 하나도 안 더듬었어요!"

"바, 받침이 어, 없으니까."

"받침 있는 말이 무섭나? 무서울 거 하나도 없어. 우리가 받침을 먹어 버리자고! 냠냠냠! 남방돌고래가 말을 잘하도록 말이야. 하하하."

차돌 아저씨가 큰 소리로 웃었다.

남방돌고래 아저씨는 그 후 말을 천천히 하려고 했고 말을 더듬지 않을 때도 많았다.

차돌 아저씨는 남방돌고래 아저씨를 친동생처럼 대했다. 어릴 때 사고로 죽은 동생과 닮았다는 것이다.

한울이 남방돌고래 아저씨 생각에서 막 빠져나왔을 때 차돌 아저씨가 백상아리 아저씨를 보며 물었다.

"순수청년도 이번 투어에 간다고 했잖아. 시간이 됐는데 왜 안 오지?"

백상아리 아저씨가 밖을 살피며 대답했다.

"그러게요. 신혼이라 주말에 빠져나오기 힘들다고 하긴 했어요. 그래도 이번에는 꼭 간다고 했는데……."

차돌 아저씨가 남방돌고래 아저씨를 보며 윙크를 보냈다.

"순수청년, 신혼생활이 좋은가 본데… 남방돌고래도 마흔 넘기 전에 결혼해야지?"

"포기했어요."

남방돌고래 아저씨가 고개를 숙이며 말꼬리를 흐렸다.

"뭘 포기해. 봐, 이젠 말도 안 더듬잖아. 희망을 가지라고."

차돌 아저씨가 문 앞으로 다가갔다. 그때 문이 안으로 밀쳐지며 차돌 아저씨 머리에 쾅 부딪쳤다.

"아, 아얏, 아우, 내 머리!"

차돌 아저씨는 머리를 부여잡고 얼굴을 찡그리며 빙글빙글 돌았다.

"어머, 죄송해요. 습관이 돼서 자꾸 밀게 되네요. 근데 차돌 님, 어떻게 된 거예요? 머리카락이… 꽃무늬 바지까지……."

남 강사인 한울 엄마는 웃음이 삐져나오는 것을 애써 참고 있었다. 그 뒤로 이 강사인 한울 아빠가 들어오면서 차돌 아저씨를 보고 웃음을 터뜨렸다.

"하하하, 차돌님은 오늘도 어김없이 웃음을 주네요."

차돌 아저씨는 언제 찡그렸냐는 듯 하회탈 같은 얼굴로 파마 머리카락을 쓱 올렸다.

"어때? 파마가 잘 나왔지?"

"네. 잘 나왔습니다. 하하하. 다들 오셨네요. 그럼 짐을 옮길까요? 아들! 스쿠버 가방은 다 챙겼지?"

"네."

"순수청년과 코틸마린은 아직 안 왔어."

백상아리 아저씨가 의자에서 일어서며 말했다.

"네, 순수청년은 갑자기 처가에 가야 할 일이 생겨서 이번 투어에 참여 못 한다고 연락 왔어요. 죄송하다고 전해 달라네요."

"겨, 결혼하니 자유롭지 모, 못하네요."

"그래도 결혼하면 좋잖아. 처가도 생기고. 자네도 처가에 간다고 생각해 봐."

백상아리 아저씨가 남방돌고래 아저씨를 보며 씨익 웃었다.

"코틸마린님은 요트경기장으로 바로 올 거예요."

엄마가 스쿠버 샵 문을 나서며 말했다. 각자 가져온 스쿠버 가방을 승합차에 차곡차곡 싣고 모두 차에 탔다.

승합차 운전대를 잡은 엄마가 뒤를 돌아봤다.

"자, 준비 다 됐죠?"

"네!"

"빠뜨린 거 없죠?"

"네!"

"이제 1박 2일 나무섬을 향해 출발하겠습니다."

엄마가 소리치자 모두 큰 소리로 외쳤다.

"나무섬을 향해 출발!"

청사포에서 출발한 차는 달맞이고개에서 더디게 움직였다.

"차돌님, 아무리 봐도 차돌님과 뽀글뽀글 머리카락이 매치가 안 되네요. 꽃무늬 냉장고 바지가 뽀글뽀글 머리카락을 받쳐 주긴 하지만요."

엄마가 백미러로 차돌 아저씨 머리카락을 보며 말했다.

"하하하, 그러니까 내 아명이 차돌이잖아. 어울리지 않는 것이 곧 내 어울림이다."

차돌 아저씨 제스처는 차 안을 웃음바다로 만들었다.

"아저씨, 아저씨 아명은 차를 단단하게 고치는 사람이라고 차돌이라고 하지 않았어요?"

한울의 엉뚱한 물음에 차 안은 다시 웃음바다가 됐다.

"한울! 그게 그 말이야. 자동차 정비와 내 얼굴이 매치가 되냐?"

한울은 모르겠다는 듯 양손을 펼쳐 보였다. 덜렁대는 차돌 아저씨가 자동차 정비사라는 말을 들었을 때 어울리지 않는다는 생각을 했었다.

"도착 2분 전입니다."

엄마가 소리쳤다. 웃다 보니 수영만 요트경기장에 도착하는 줄도 몰랐다.

차가 주차장에 멈추었다. 차돌 아저씨가 차문을 열며 허리를 굽혔다.

"오늘 폭소 1탄은 여기서 마치겠습니다. 나무섬에서 2탄을 기대해 주십시오."

일행은 다시 한 번 웃음을 터뜨리며 차에서 내렸다. 각자 스쿠버 가방을 보트에 실었다. 모두들 일사분란하게 짐과 공기통*을 보트로 옮기기 시작했다.

그때 은색 승용차가 달려오더니 승합차 앞에 섰다. 까만 선글라스를 쓴 코털마린 아저씨였다.

"늦어서 죄송합니다. 오늘따라 작업할 것이 많아서리……."

"코털마린, 늦을 때마다 일 핑계지? 자넨 특수차 수리고, 난 그냥 일반차 수리라 차원이 다르다는 건가?"

"에이, 형님도. 그런데 형님 머리카락이……."

"왜? 멋있지 않나? 봄을 맞이하여 머리카락도 봄옷으로 갈아입었지. 하하하."

---

* 여과된 상태의 공기를 압축하여 작은 공기통에 많은 양의 공기를 고압의 상태로 보관하는 장비

"프푸풋 하하하, 형님! 내가 웃은 게 아니고 입이 웃는 겁니다. 뽀글뽀글 정말 멋있네요. 봄을 확실하게 알려 주고 있습니다."

코털마린 아저씨와 차돌 아저씨는 서로 호흡을 척척 맞추며 웃겨준다. 재미있는 아저씨들이다.

한울은 공기통 옮기는 것을 도와주고 나서 보트 맨 앞머리로 가서 앉았다. 한울이 제일 좋아하는 자리다. 바닷바람이 짧은 머리를 흩트려 놓았다. 양팔을 벌려 온몸으로 바다 냄새를 맡던 한울은 무언가에 이끌리듯 옆으로 고개를 돌렸다. 한 가족이 눈에 들어왔다. 즐거운 일이 있는 듯 웃고 있었다. 한울의 눈이 남자아이에게 멈추었다. 커다란 키, 비쩍 마른 몸, 까무잡잡한 얼굴이 왠지 낯설지 않았다.

"한울, 뭐 하냐? 곧 출발할 거니까 내려와라."

아빠가 보트 운전석에서 고개를 내밀고 한울을 올려다봤다. 한울이 밑으로 내려서자 보트는 커다란 엔진 소리를 내며 요트경기장을 빠져나갔다.

부산이다.

인터넷으로만 보던 부산에 발을 디뎠다. 따뜻하고 상큼한 바람이 해수 코끝을 간질였다.

"해수야, 어떠니? 여기가 바로 엄마, 아빠 고향이야."

해수는 숨을 크게 들이마셨다.

"낯설지가 않아요. 예전에도 와 봤던 느낌이에요."

"우리 해수 적응 잘할 거 같은데?"

엄마가 뒤돌아보며 활짝 웃었다.

해수는 공항에서 해운대로 들어오는 내내 차창 밖을 내다 봤다. 동서고가로 양옆으로 높은 건물들이 우뚝 서 있고, 줄지 어 선 자동차들이 터널 속으로 들어가는 것이 신기할 뿐이었 다. 특히 바다를 가로지르는 광안대교는 말 그대로 장관이었 다. 왼쪽에는 도시 빌딩들과 산, 오른쪽에는 푸른 바다가 끝없 는 들판처럼 펼쳐졌다.

"광안대교가 멋있게 만들어졌다더니 정말 장관이네요."

"그러게 말이야. 대단한데."

부산의 모습을 말로만 듣고, 인터넷으로만 보던 아빠와 엄마 도 감탄사를 내뱉었다.

아이티에서는 볼 수 없는 높은 건물과 풍경들이었다. 해수 가슴은 새로운 세계로 발을 내딛는 설렘과 불안한 마음으로 가득 찼다.

"아빠! 바다가 완전히 달라요. 아이티와는 비교도 안 돼요."

해수 목소리는 들떠 있었다. 아빠와 엄마도 들뜨기는 마찬가지였다.

"해수가 좋아하는 걸 보니 정말 다행이네요."

"그러게 말이야. 걱정했는데 돌아오길 잘한 거 같아."

해수는 아빠와 엄마가 한국으로 돌아간다고 했을 때 꼭 가야 하는지 물었다. 아빠는 엄마 몸에 문제가 생겼고, 아이티 의료 기술로는 치료하기 힘들다고 했다. 결국 가족 모두 귀국을 결심한 것이다.

해수는 틈틈이 인터넷으로 검색했었다.

한국 고등학생들은 학교 공부가 끝나면 학원으로 갔고, 밤 12시가 되어서야 집으로 돌아오는 경우가 많았다. 해수는 한국에서의 고등학교 생활이 걱정되긴 했지만 직접 부딪쳐 보기로 했다. 그러자 마음이 한결 편했다.

광안대교를 지나 해운대로 들어섰다. 높은 건물과 상가 사이로 지나다니는 차들이 장난감처럼 보였다. 해수와 엄마, 아빠는 차에서 내려 건물을 올려다봤다. 앞으로 해수 가족이 살

아파트였다.

모든 시설은 완벽했다.

지금까지 살던 아이티와는 비교도 할 수 없었다.

해수는 방문을 열었다. 침대가 눈에 들어왔다. 맞은편에는 책상이 있고, 옷장과 서랍장까지 갖춰져 있었다. 해수는 양팔을 벌리고 침대에 드러누웠다. 이불에서 나는 상큼한 냄새가 해수를 기분 좋게 만들었다. 천장을 바라보고 있으니 아이티에 있는 친구들이 생각났다. 다이나, 지에나라, 나라에…….

해수가 떠나는 것을 아쉬워했던 친구들이다. 함께 공차기도 했고, 바다에서 물고기도 잡고 놀았다. 다이나가 말라리아에 감염됐을 때 열을 내리기 위해 찬물 찜질을 해 주며 밤을 새우기도 했다. 지에나라가 콜레라에 감염됐을 때는 탈수 현상이 일어날까 봐 노심초사하며 서로 지켜 주고 도와주었다.

'얘들아, 꼭 다시 만나자.'

해수는 아이티 친구들을 생각하며 눈을 감았다.

"해수야! 어머, 그새 잠들었네. 해수야, 일어나 봐."

엄마가 해수를 깨웠다.

"해수야, 동네 한 바퀴 돌아보자."

아빠가 해수 어깨를 흔들었다. 해수는 눈꺼풀을 들어 올렸다. 몸이 무거웠지만 침대에서 일어났다.

세 사람은 밖으로 나왔다.

아파트와 음식점, 하늘로 쭉쭉 뻗은 건물들은 미래 도시를 연상하게 만들었다.

"아빠, 새로운 행성에 온 거 같지 않아요?"

"그러게. 미래 행성에 온 거 같네."

엄마가 아빠 팔을 잡았다.

"여보, 우리가 떠날 때는 허허벌판이었는데… 이렇게 변할 줄 몰랐네요."

"20년이 지났으니……."

"그러게요. '아시아의 용'이란 말이 실감나네요."

그때 사람들 시선을 느낀 해수는 몸을 움츠렸다.

"아빠, 사람들이 우리를 쳐다보는 거 같지 않아요?"

"우리를 동남아에서 온 사람들이라고 생각하고 있을 거다. 하하하."

엄마도 한마디 덧붙였다.

"우리 피부를 봐."

해수는 엄마와 아빠 얼굴을 봤다. 확실히 달랐다. 피부가 흰 사람들을 보니 자신들 피부가 더 까맣게 보였다.

'아이티에서는 그래도 흰 편이었는데…….'

"걱정할 거 없어. 1년만 지나면 하얗게 변할 테니까."

아빠가 해수를 보며 웃었다.

세 사람은 수영만 요트경기장 안으로 들어섰다. 요트에 관심을 가지고 있던 아빠가 이쪽으로 이끈 것이다. 해수는 줄을 세운 듯 일렬로 정박해 있는 요트를 보며 눈을 반짝였다.

"우와, 요트가 엄청 많네요."

"당연하지. 요트 주차장이라고 할 수 있으니까."

"대단해요."

세 사람은 요트를 살피며 걸었다. 그때 한 무리의 사람들이 해수 눈에 들어왔다. 사람들은 봉고차에서 커다란 가방을 꺼내 요트로 옮기고 있었다. 뽀글뽀글 파마를 하고 빨간 꽃무늬 바지를 입은 아저씨가 기다란 통을 낑낑거리며 요트에 실었다. 해수는 자신도 모르게 웃음을 흘렸다.

"푸 흐흐흐."

"왜?"

아빠가 해수를 보며 물었다.

"아빠, 저기. 저, 아저씨 봐요. 이마는 까졌는데 완전 뽀글뽀글 파마 머리카락을 하고 헐렁한 꽃무늬 바지에 슬리퍼를 신었어요. 진짜 웃겨요."

엄마도 고개를 돌리더니 웃음을 터트렸다.

"어머머, 진짜네. 옛날, 우리 어머니처럼 파마를 하고 꽃무늬 몸뻬 바지를 입었네."

"그렇다고 웃으면 안 되지. 근데 저 아저씨는 좀 심하긴 하네. 하하하."

아빠도 웃음을 참지 못하는 듯했다.

파마 머리카락 아저씨가 고개를 돌리더니 세 사람을 향해 손가락 두 개를 펴서 V자를 그렸다. 그러고는 씨익 양쪽 입꼬리를 올렸다.

해수네 가족은 서로를 보며 웃음을 터뜨렸다. 고개를 돌리던 해수 눈이 요트 뱃머리에 멈추었다. 그때 뱃머리에 서 있던 남자가 고개를 돌렸다. 앳된 얼굴이었다. 해수는 재빨리 고개를 돌려 버렸다. 괜히 도둑질하다 들킨 것처럼 심장이 쿵쾅거리면서 얼굴이 화끈거렸다.

"얘가 왜 그래? 얼굴이 빨개 가지고는……."

엄마가 해수 얼굴을 살폈다.

"아, 아니에요."

해수는 괜히 멋쩍은 웃음을 지어 보였다.

엄마는 아빠를 보며 들뜬 표정으로 말했다.

"이렇게 산책하니까 좋네요. 우리 주말마다 산책 나올까 봐요."

"좋지. 그렇게 하자구."

크르릉 크릉.

해수는 소리 나는 쪽을 바라봤다. 보트가 굉음을 내며 요트
장을 빠져나가고 있었다.

요트경기장 주변을 감싸고 있는 벚나무 가지에는 겨우내 꽃
피울 준비를 마친 봉오리들이 톡톡톡 불거져 있었다. 솔바람
이 시샘하듯 나뭇가지를 흔들고 서쪽 하늘로 달아났다.

새로운 꿈

한울 2

    학교로 향하는 한울의 머릿속은 복잡했다. 나무섬 바닷속, 거북선 사건 때문이다.

    2년 전 아빠는 나무섬 바닷속에서 용머리가 위로 올라온 난파선을 발견하고 해양경찰에 신고했다. 하지만 다시 바닷속으로 들어갔을 때 난파선은 찾을 수 없었다. 해양문화재연구소에서 나온 연구원들은 나무섬 주변을 샅샅이 뒤졌지만 아빠가 봤다는 난파선을 발견하지 못했다. 결국 난파선을 봤다는 신고는 해프닝으로 끝나고 말았다. 동호회 사람들이 바닷속 신기루를 본 것일지도 모른다고 했지만 아빠는 분명히 난파선이었다고 했다. 귀신이 곡할 노릇이었다.

한울은 일요일 투어 때 자신이 봤던 것이 거북선일지도 모른다는 생각이 머릿속에서 떠나지 않았다. 날카로운 창살이 박혀 있었다. 군데군데 구멍이 뚫려 있었다. 한울과 버디였던 백상아리 아저씨도 모래 속에 반쯤 파묻힌 물체를 봤다.

지난 일요일이었다.

바다는 맑은 하늘을 그대로 뒤덮어 놓은 듯 잔잔했다. 한울은 백상아리 아저씨와 버디가 되어 하강했다.

바닷속도 구름 한 점 없는 하늘처럼 시야가 좋았다. 지금까지 나무섬 다이빙을 하던 중 최고였다. 바다 밑이 한눈에 들어오자 한울은 백상아리 아저씨를 보며 두 팔로 하트를 그렸다. 백상아리 아저씨도 하트를 만들었다.

빨간색 산호 사이에서 노란빛을 발산하고 있는 산호, 청색 같으면서도 보라색을 뿜어내는 산호, 층을 이루고 있는 테이블 산호, 뿔 산호, 형광 빛을 내는 산호, 부채꼴 산호 등 각양각색의 산호가 다른 날보다 아름다운 빛을 발산했다. 검은 해초들이 산호 사이로 하늘거렸고, 바위 구멍 곳곳에는 성게와 뿔소라, 보말들이 자리 잡고 있었다. 잘 보이지 않던 청자고둥도 보였다.

한울은 팔짱을 끼고 핀*을 천천히 움직였다. 바위에 붙어 있는 전복이 보였다. 손가락으로 툭 쳤다. 전복은 바위에서 절대로 떨어질 수 없다는 듯 딱 달라붙었다. 한울은 전복을 뒤로하고 핀을 움직였다. 제주 앞바다에 많은 자리돔과 쥐치, 붉은돔도 보였다.

암반 사이로 쏠배감펭이 눈을 내리깔고 있었다. 머리 가운데 뿔 같은 지느러미에 독이 있는 물고기다. 아름다움을 뽐내는 라이온피시 무리들도 보였다. 산호초가 있는 암반과 비슷해서 구별하기 힘든 스톤피시들도 암반에 붙어 헤엄쳤다. 작은 쏠종개들도 존재감을 보여주듯 모여 다녔다.

바닷속은 물고기와 산호 세상이다.

한울은 바닷속 세상에 푹 빠져 있었다. 그때 바위 구멍 틈새로 발을 살짝 내민 문어가 보였다. 참 오랜만에 보는 문어였다. 동그란 눈이 한울과 마주쳤다. 문어는 침입자를 경계하듯 움직이던 발을 멈추었다. 한울은 문어와 눈싸움을 했지만 먼저 항복할 수밖에 없었다. 한울이 참았던 공기를 살짝 빨아들이

---

* 오리발이라고도 한다. 다이빙에서 필수적인 장비이다. 물속에서 쉽게 움직일 수 있는 추진력을 얻기 위해 우리 발 모양보다 훨씬 큰 모양의 핀을 사용한다.

자 호흡기[*]에서 거품이 뿜어져 나왔다. 그 틈을 타 문어는 구멍으로 쏙 들어가 버렸다.

한울은 핀을 살살 움직여 커다란 바위를 돌았다. 또 다른 산호 밭이 눈에 들어왔다. 해초들은 산호 사이에서 물결을 따라 나풀나풀 움직였다. 한울은 거북이를 볼 수 있을지도 모른다는 생각에 산호들을 유심히 살피다가 에메랄드 빛을 내고 있는 산호 앞에 멈추었다. 몸 주위로 황금빛을 내는 블루피시 한 마리가 산호 사이로 숨어들었다. 처음 보는 물고기였다. 백상아리 아저씨에게 손짓하고 황금빛 블루피시 뒤를 쫓았다.

울퉁불퉁 커다란 바위 사이를 지나자 해초로 뒤덮인 또 다른 바위가 나왔고, 그 옆의 작은 바위를 지나자 도넛 모양의 커다란 동굴이 나타났다. 한 번도 본 적이 없는 동굴이었다. 황금빛 블루피시가 동굴 안으로 들어가자 한울도 핀을 차며 동굴 안으로 몸을 집어넣었다. 새로운 세계에 발을 들여놓는 듯 짜릿함을 느꼈다. 그런데 터널처럼 뻥 뚫린 짧은 동굴이었다.

황금빛 블루피시는 어디로 갔는지 보이지 않았다. 잠깐 사이에 사라진 것이다. 황금빛 블루피시를 찾아 눈동자를 굴리던 한울의 눈에 이상한 바위가 보였다.

* 물속에서 편안하게 호흡을 할 수 있는 장비

'뭐지?'

바위 표면이 성게처럼 뾰족뾰족 솟아 있었다. 한울은 바위를 만져 봤다. 딱딱하지 않았다. 그때 황금빛 블루피시가 다시 나타났다. 한울 눈은 황금빛 블루피시를 쫓았다. 이번에는 놓치지 않겠다는 듯이.

한울이 뾰족 바위를 지났다고 생각하는 순간 시야가 흐려져 앞을 볼 수 없었다. 뒤따라오던 백상아리 아저씨도 이상하다는 듯 주위를 돌아봤다.

조류의 흐름이 바뀌어 있었다.

갑자기 한기를 느낀 한울은 백상아리 아저씨를 보며 두 팔을 가슴에 모으고 흔들었다. 아저씨도 이상 기온을 느낀 듯 두 팔을 모았다.

한울이 잠시 한눈판 사이에 황금빛 블루피시는 또다시 사라져 버렸다.

한울은 황금빛 블루피시를 찾기 위해 눈을 부릅떴다. 바로 앞, 흐린 시야 사이로 검은 물체가 보였다. 이끼와 부유물이 잔뜩 끼어 있는 둥그런 물체가 모래 바닥에 반쯤 묻혀 있었다. 한울은 백상아리 아저씨를 보며 둥그런 물체를 가리켰다. 백상아리 아저씨는 한울이 가리키는 곳으로 눈을 돌렸다.

한울은 난파선을 발견하는 것이 꿈이었다. 그런데 꿈에도 그리던 그 뭔가를 발견한 것이다. 한울 심장은 제멋대로 뛰기 시작했다.

부식된 날카로운 창살이 뾰족뾰족 튀어나와 있었다. 군데군데 구멍이 뚫려 있어 배 같기도 하고 타원형 나무통 같기도 했다. 하지만 절반 이상이 모래에 묻혀 있어서 자세히 알 수는 없었다. 그때 한울의 머리를 스치고 지나가는 그림이 있었다. 바로 거북선이었다.

백상아리 아저씨가 공기통을 '탕탕' 두드렸다. 공기 상태를 체크하라는 수신호였다. 한울은 게이지*를 봤다. 게이지 눈금은 30bar**에 멈춰 있었다. 한울은 손가락 다섯 개를 펴서 50bar가 남았다는 것을 알리고 다시 게이지를 봤다. 혹시 잘못 봤을지 모른다는 생각 때문이었다. 하지만 게이지 눈금은 30bar에 멈춰 있는 게 확실했다.

백상아리 아저씨가 엄지손가락을 위로 치켜들었다. 한울은 잠시 머뭇거렸다. 백상아리 아저씨가 한 번 더 엄지손가락을 치켜들자 한울은 아쉬움을 뒤로하고 수면 위로 올라가기 위해

---

* 공기의 양을 확인하는 장비
** 압력 단위

몸을 수직으로 세웠다. 그러고는 BC[*] 배기버튼을 살짝 눌렀다. 그 순간 한울 몸이 빨려 올라갔다. 백상아리 아저씨는 한울이 안전 정지^{**}를 하지 않고 올라가는 것을 보고 뒤쫓아와 한울 핀을 붙잡았다.

한울 몸에 이상이 생긴 것을 감지한 백상아리 아저씨는 게이지를 잡아당겼다. 한울의 게이지 눈금이 0bar로 떨어지고 있다는 것을 확인한 백상아리 아저씨는 자신의 호흡기를 한울에게 물렸다. 한울은 '헉' 소리를 내며 숨을 내쉬었다. 백상아리 아저씨는 한울 허리를 한쪽 팔로 두르고 다른 쪽 손으로 소시지^{***} 줄을 놓았다. 소시지가 '휘리릭' 펴지며 세차게 위로 올라갔다.

백상아리 아저씨와 한울은 몸을 천천히 움직였다.

백상아리 아저씨는 공기를 빨아 마신 다음 한울에게 호흡기

---

* 부력 조절기. 양성 부력을 유지하는 장비. 다이빙에서 가장 중요한 장비이며, 다이빙 안전과 기술을 보정하는 매우 중요한 장비
** 수중으로 내려갈수록(기압이 높아질수록) 물체의 부피는 줄어든다. 공기를 빨아들이면서 마신 질소를 내뱉어야 잠수병에 안 걸린다. 잠수병에 걸리지 않기 위해서 3미터마다 1분 정도 안전 정지하면서 질소를 배출하고 위로 상승하는 것을 말한다.
*** SMB(Surface Marker Buoy)수면 표시 부표: 다이버가 수면 위로 올라올 경우 물속에서 본인의 위치를 알려야 하며 수면 대기상태에서도 보트가 본인의 위치를 파악하고 픽업을 와서 안전하게 출수할 때까지 SMB를 세워서 표시하고 있어야 한다.

를 물렸다. 한울이 공기를 한 모금 마시고 백상아리 아저씨에게 호흡기를 넘기면 아저씨가 공기를 마시고 다시 한울에게 호흡기를 넘겼다. 한울과 백상아리 아저씨는 짝 호흡*을 하며 수면 위로 올라왔다. 수면 위로 올라온 한울은 호흡기를 빼고 숨을 크게 내쉬었다. 백상아리 아저씨가 한울 팔을 잡았다.

"괜찮아?"

"네."

한울 목소리는 바람 빠진 풍선처럼 피시시 사그라졌다. 한울은 자신의 몸을 BC에 의지한 채 누웠다. 하늘에는 비가 떨어질 것처럼 먹구름이 잔뜩 끼어 있었다.

한기를 느낀 한울은 두 팔을 맞잡았다. 회색으로 변한 입술이 파르르 떨렸다.

"조금만 참아라. 보트가 곧 올 거다."

잠시 후 보트 소리가 났다.

"백상아리, 어떻게 된 거야. 상승할 때가 됐는데도 올라오지 않아서 얼마나 걱정했는지 아나?"

차돌 아저씨 목소리였다. 엄마는 흔들리는 눈빛으로 한울을

---

* 상대방 공기가 다 떨어졌을 때 버디(짝)가 자신의 공기를 나누어 주며 상승하는 것을 말한다.

내려다봤다.

"한울, 괜찮은 거니?"

한울은 고개를 끄덕였다. 백상아리 아저씨가 한울을 보트 쪽으로 밀었다. 아빠가 한울의 BC를 벗겨 주었고, 코털마린 아저씨는 보트 위로 올라오는 것을 도와주었다. 보트로 올라온 한울은 뒤로 벌렁 드러누웠다. 몸이 제멋대로 떨렸다. 아빠가 엄마한테 소리쳤다.

"담요, 담요 가져와."

아빠와 남방돌고래 아저씨가 한울의 팔과 다리를 주물렀다.

"몸이 얼음덩이예요."

엄마가 담요로 한울 몸을 감쌌다. 그러고는 뜨거운 물이 담긴 컵을 한울에게 쥐어 주었다. 한울은 물을 입 안으로 가져갔다. 뜨거운 물이 목구멍을 타고 흘러들어 가자 몸이 따뜻해졌다. 보트 위로 올라온 백상아리 아저씨가 한울을 내려다보며 물었다.

"한울, 괜찮아?"

한울은 고개를 끄덕였다.

"이 녀석, 물귀신 될 뻔했다니까."

한울은 어색한 미소를 지었다. 보트 위에 있던 일행은 궁금한 표정으로 한울과 백상아리 아저씨를 바라봤다.

"어떻게 된 겁니까?"

아빠가 백상아리 아저씨에게 물었다. 한울은 흥분이 가라앉지 않은 목소리로 아빠를 보며 입을 열었다.

"거북선… 분명 거북선이었어요."

차돌 아저씨와 코털마린 아저씨 눈이 커졌다.

"뭔 말이야? 거북선이라니?"

"거북선?"

모두 놀란 얼굴로 한울을 내려다봤다.

"네. 확실하진 않지만 거북선일지도 몰라요. 아저씨 맞죠?"

한울은 자신이 본 것이 꿈이 아니었길 바라며 백상아리 아저씨를 봤다. 백상아리 아저씨가 고개를 저었다.

"확실하지 않아. 이 강사, 지금 우리가 있는 곳이 하강했던 지점과 반대쪽인 거 같은데 맞나?"

"네, 나무섬 반대쪽입니다. 어떻게 여기까지 온 거예요? 거북선이라니 뭔 말입니까?"

"뭔가를 발견하긴 했는데… 뭔지 확실하지 않아. 난파선인 것도 같고… 다시 내려가서 확인해 봐야겠어. 이 강사, 탱크* 여유분이 몇 개나 되지?"

* 공기통을 탱크라고도 부른다.

"두 개 있습니다."

"됐네. 자네 나와 함께 밑으로 내려가 보세."

백상아리 아저씨는 BC를 점검했다. 차돌 아저씨가 백상아리 아저씨 앞으로 다가갔다.

"정말 거북선이었나?"

"확실하지 않아요. 시야가 흐려서 자세히 보지 못했어요."

아빠는 공기통을 새것으로 갈아 끼우고 백상아리 아저씨를 봤다.

"혹시 용머리 모양은 못 봤습니까?"

"못 봤네."

백상아리 아저씨가 새 공기통에 BC를 끼우며 말을 되받았다.

"커다란 물체가 있었다는 것만은 확실하네. 내려가서 확인해 보세. 뭔지 알 수 없지만 기분이 묘하긴 했단 말이야."

입수 준비를 끝낸 아빠와 백상아리 아저씨가 바다로 뛰어들었다.

차돌 아저씨는 젖은 머리카락을 쓸어 올렸다. 그러고는 아빠와 백상아리 아저씨가 내려간 바다를 내려다봤다. 물에 젖은 머리카락이 뱅뱅 꼬인 채 머리에 찰싹 달라붙어 있었다.

침묵이 이어졌다.

어느 정도 시간이 지났을 때 차돌 아저씨가 걱정스러운 목소리로 물었다.

"이 사람들, 나올 때가 되지 않았나?"

엄마가 손목에 찬 컴퓨터*시계를 내려다봤다.

"이제 20분 지났어요."

"백상아리가 괜찮을라나… 좀 쉬고 들어갔어야 했는데……."

차돌 아저씨가 걱정스러운 듯 중얼거렸다.

"혹시, 예전에 이 강사가 봤다는 난파선처럼 또 없어진 건 아니겠죠?"

코털마린 아저씨가 차돌 아저씨를 보며 물었다.

"설마 그럴 리가 있겠나."

차돌 아저씨는 바다에서 눈을 떼지 않았다. 한울은 일어서서 바다를 바라보았다.

파도가 거칠어지고 있었다. 보트에 부딪힌 파도는 하얀 거품을 내며 튕겼다. 보트에 부딪치는 파도 소리 사이로 간간이 숨

---

* 수심에 따른 잠수병을 예방할 수 있는 다이빙 한계 시간을 실시간으로 측정하고 바로 확인해 주며, 시간별 수심 변화, 온도 변화 같은 기본 정보를 알려주어 다이빙할 때 편리하다.

소리가 들릴 뿐이었다.

"상승할 때가 된 거 같은데 왜 이렇게 조용하지?"

차돌 아저씨가 중얼거렸다. 바로 그때 아빠와 백상아리 아저씨 몸이 수면 위로 올라왔다.

"형님, 백상아리님과 이 강사도 양반은 못 되나 봅니다. 하하하!"

코털마린 아저씨가 짧은 코털을 만지며 큰 소리로 웃었다. 차돌 아저씨는 아빠가 배 위로 올라오는 것을 도왔다.

"어떻게 됐나? 찾았나?"

아빠는 고개를 가로 흔들었다.

"아, 아뇨. 못 찾았습니다."

아빠는 BC와 웨이트*를 풀고 털썩 주저앉았다. 보트 위로 올라온 백상아리 아저씨도 BC를 풀었다. 백상아리 아저씨는 보트 난간을 붙잡았다. 눈은 방향을 잃은 듯 공중으로 향했다. 어른들이 말하는 '멍 때리는' 얼굴이었다.

백상아리 아저씨가 일행에게 고개를 돌렸다.

"하강하자마자 물체가 있던 곳을 살폈는데 찾을 수 없었습니다. 주변을 샅샅이 살폈지만… 진짜 귀신이 곡할 노릇이라고

---

* 음성 부력을 만드는 장비, 벨트에 납덩어리를 달아서 웨이트 벨트를 사용한다.

밖에는……."

"거북선이 보이지 않았다고요?"

한울은 백상아리 아저씨를 보며 물었다.

"한울, 거북선이 아닐 수도 있어. 정확하지도 않은데 자꾸 거북선이라고 단정 짓지 마라. 주변을 샅샅이 살폈는데도 없더라. 내가 이십 년 넘게 다이빙했지만 이런 황당한 일은 처음이다."

구름이 잔뜩 끼어 있던 하늘에서 빗방울이 뚝뚝 떨어지기 시작했다. 파도도 점점 더 거세졌다. 아빠는 보트 키를 잡고 돌렸다.

'거북선은 어디로 사라진 걸까?'

한울은 집에 오자마자 거북선에 대한 정보를 찾기 위해 새벽까지 인터넷을 뒤지다가 새우잠을 잤다.

거북선에 대한 생각에 푹 빠져 걷던 한울은 누군가와 부딪쳤다. 동규였다.

동규는 눈에 힘을 잔뜩 주었다.

"정신을 어디다 놓고 걷는 거야? 그러다 죽는다."

"됐어. 인마, 죽기는 누가 죽냐?"

한울이 동규 가슴을 주먹으로 한 대 퍽 쳤다. 하지만 커다란 덩치인 동규는 간지럽다는 표정이다.

"불러도 대답 않고… 뭔 생각을 그렇게 해?"

"……."

동규가 물었지만 한울은 묵묵히 걷기만 했다.

동규 덩치는 한울의 두 배 정도 된다.

초등학교 때 야구선수였던 동규는 팔을 다친 후 야구를 그만두었다. 그때부터 먹어도 먹어도 배가 고프다는 동규는 걸신들린 듯 엄청 먹어댔다. 이런 동규를 두고 친구들은 덩치는 산만 해 가지고 먹는 거밖에 모른다면서 놀렸다. 하지만 한울은 자신이 하고 싶은 것을 못 하게 된 동규 마음을 이해할 수 있었다.

한울은 동규 마음을 알아주는 유일한 친구였다.

"나무섬 투어는 잘 갔다 온 거야?"

동규가 한울을 보며 물었다.

"내가 누구냐? 스쿠버 황제 이한울 아니냐. 이번에 내가 뭘 발견한 줄 아냐?"

"뭔데? 보물이라도 발견했어?"

동규가 한울 어깨에 팔을 걸쳤다.

"그럼, 보물이지. 엄청난 보물."

동규의 작은 눈이 커졌다.

"뭐? 진짜 보물을 발견한 거야?"

"똥규! 스쿠버를 하면서 바닷속 보물을 찾는 기분 넌 죽었다 깨어나도 모를 거다."

"알았다. 알았어. 금덩이가 나온다고 해도 난 바닷속에는 관심 없어. 그러니까 바닷속 보물은 너 혼자 다 가져라. 근데, 진짜 보물이야?"

한울은 한 손으로 동규 귀를 잡아당겼다. 그러고는 소곤거렸다.

"거북선을 발견했어."

"뭐? 거북선? 이순신 장군이 탔다는 그 거북선? 정말이야?"

"당연하지. 임진왜란 때 이순신 장군이 거북선으로 왜군들을 무찔렀잖아."

"어제 뉴스에 거북선이 발견됐다는 기사가 없었는데… 오늘 나오냐? 이거 진짜 빅뉴스인데!"

동규가 흥분한 목소리로 외쳤다.

"거북선이 분명해."

한울은 하늘을 올려다보며 중얼거렸다. 그러고는 동규 어깨를 감싸며 말했다.

"부유물이 잔뜩 끼어 있는 거북선이 눈앞에 턱 하니 나타났는데 꿈인가 생신가 했다니까. 거북선 등판에 박힌 날카로운 창살들… 그런데 중요한 건 그냥 올라올 수밖에 없었다는 거였어."

"뭐? 거북선을 발견하고 그냥 올라왔다고… 한울, 네가 그냥 올라올 리 없잖아. 혹시 뻥치는 거 아냐?"

"아유, 이걸 그냥. 너 죽을래?"

한울은 동규 목에 팔을 두르고 힘을 주었다.

"알았다 알았어. 왜 그냥 올라왔냐? 그 중요한 걸 발견하고 는!"

"죽지 않으려고 올라왔다. 왜? 넌 내가 물귀신이 됐으면 좋겠냐? 이걸 진짜!"

한울 주먹이 동규 등으로 날아갔다.

"아야야야."

동규는 아픈 표정을 지었다. 그러고는 금세 궁금하다는 표정으로 한울을 봤다.

"물귀신이 있기는 있냐?"

"야, 물속에서 죽으면 물귀신이 되는 거야. 바다에서 죽은 물귀신들이 우글우글하다는 거 몰랐어?"

"야, 무섭게 왜 그러냐. 소름 끼친다."

동규는 온몸에 소름이 돋은 듯 부르르 떨었다. 진짜 겁먹은 표정이었다.

"덩치는 커 가지고 겁먹기는! 네가 겁쟁이라는 것을 친구들이 믿겠냐? 덩치는 곰만 해 가지고는……."

"됐다 됐어. 그만하자."

두 친구는 말없이 걸었다. 잠시 후 한울이 침묵을 깼다.

"너, 백상아리 아저씨 알지? 아저씨가 내 버디였거든. 거북선을 자세히 살펴보려고 하는데 아저씨가 공기량을 확인하라는 거야. 그래서 게이지를 봤더니 눈금이 30bar에 멈춰 있는 거야. 그때 상승하지 않았으면 난 죽음이었어. 넌 영원히 나를 못 보게 될 뻔했다니까. 근데 스쿠버를 하면서 말로만 듣고 책에서만 읽었던 짝 호흡을 어제 처음으로 해 봤다는 사실이다."

"짝 호흡?"

"그래. 탱크에 공기가 없을 때 짝인 버디 호흡기를 같이 사용하는 거야. 어제는 이상했단 말이야. 공기를 항상 체크하는데 바닷속 풍경에 눈이 팔려서… 생각지도 못했던 거북선을 발견하는 바람에 더 흥분했지 뭐냐. 공기가 30bar밖에 안 남았다는 것을 아는 순간 공기를 다 마셔 버린 거야. 나도 모르게 살고 싶은 마음이 강했나 봐."

"인간은 누구나 살고 싶어 한다는 말씀이야."

"이그, 됐다. 됐어."

한울은 먼 하늘을 보며 말했다.

"아저씨도 공기가 별로 없었거든. 근데 나한테 공기를 나눠 준 거야. 아저씨가 아니었으면……."

"우와, 역시 백상아리 아저씬데. 대단하다. 야, 내 친구를 살려줘서 고맙다는 뜻으로 내가 만든 떡볶이 맛을 보여드려야겠다."

동규가 한울 어깨에 팔을 걸쳤다.

"녀석, 역시 내 친구다."

"내 절친이 물귀신 되면 안 되지! 하나뿐인 내 절친인데! 나랑 같이 오래오래 살아야지."

"인마, 징그럽다. 너랑 왜 오래오래 사냐? 내가 미쳤냐?"

한울은 어깨에서 동규 팔을 떼어 내며 중얼거렸다.

"내가 다른 짝을 찾든가 해야지."

"야, 그래도 나만 한 친구가 어디 있냐? 유치원 동기에 초등학교, 중학교, 고등학교까지 우리처럼 찐한 우정을 가진 친구는 없을 거다. 또, 내 덩치가 너를 지켜주고 있잖냐. 또 있다. 저번 주에 시내에서 우리 둘이 각막 기증에 사인했잖아. 여기 이거."

동규는 교복 안주머니에서 각막 기증 카드를 꺼내 흔들었다.

"또 아냐? 내 각막이 손상됐을 때 네가 기증해 줄지. 으흐흐흐."

한울은 동규 머리카락을 헝클어 놓았다.

"그래, 그래. 네 각막이 나에게 올 수도 있겠다. 친구야."

한울과 동규는 운동장 안으로 들어섰다. 그때 검은색 자동
차 한 대가 교문 안으로 들어왔다. 한울과 동규 눈이 차를 따
라 움직였다.

동규가 한울을 보며 물었다.

"야, 우리 학교 선생님 차 아니지?"

"응. 처음 보는 찬데."

운전석 문이 열리며 파란색 니트에 청바지를 입은 아저씨가
내렸다. 파란색 니트가 아저씨의 검은 얼굴을 더 돋보이게 만
들었다. 잠시 후 옆 좌석 문이 열리며 빼빼 마른 학생이 내렸
다. 얼굴은 가무잡잡했다. 자동차에서 내린 학생은 한참 동안
학교 건물을 올려다보다가 한울의 눈빛을 의식한 듯 고개를
돌렸다.

한울과 눈이 마주쳤다. 잠시 동안이었지만 한울은 낯설지
않은 느낌을 받았다.

'어디서 봤지? 분명 낯익은데…….'

한울의 시선은 아저씨 옆에서 걸어가는 학생을 따라 움직였
다. 동규가 한울 어깨를 툭 쳤다.

"인마, 넋 빠진 얼굴로 뭘 보냐?"

"아, 아냐."

"새로운 녀석이 전학 오나 보다. 까무잡잡한 걸 보니 동남아 혼혈인 거 같지 않냐?"

"그러게. 한 성깔 하겠는걸."

"야, 아까 너랑 눈싸움한 거 맞지?"

"미쳤냐? 그건 그렇고 똥규, 장래 희망 적었냐?"

"당연하지. 샘이 오늘까지 안 적어 오면 몽둥이 날린다고 했잖아."

"넌, 아직도 분식점 사장이냐?"

"인마, 당연한 걸 왜 묻냐? 남자라면 지조가 있어야지. 분식점 사장. 얼마나 좋냐? 매일 떡볶이, 순대, 오뎅을 먹을 수 있는데… 히히히. 살아가면서 먹는 즐거움을 저버릴 수는 없잖냐."

"너, 먹다 남은 거 팔다가는 얼마 못 가서 망한다. 잘 생각해라."

"두고 봐라. 우리나라 분식점은 내가 다 접수할 거니까. 그러고 보니 넌, 또 바꿨구나?"

"이번엔 확실하게 정했어. 해저 탐사대원. 어떠냐? 도전 정신이 뛰어난 이한울이 해저를 탐사하다가 5천 년 전 보물을 발견하다. 대단하지 않냐?"

"컴컴한 바닷속을 다니는 게 뭐가 대단하냐? 뭐, 네 꿈이니까 네가 알아서 할 일이지만… 야! 네 꿈, 자주 바꾸지 말고 지조 좀 지켜라."

한울과 동규는 교실로 들어섰다. 반 친구들은 삼삼오오 모여 장래 희망을 이야기한다고 떠들썩했다.

아침 조회 시간을 알리는 종소리가 울렸다.

동규는 맨 뒷자리인 자기 자리로 갔고, 한울은 창가에 있는 자기 자리에 앉았다. 짝꿍인 준우는 수학 문제를 풀고 있었다. 꿈이 의사인 녀석이다.

"김준우. 넌 의사 될 자격이 있다."

준우가 고개를 들어 한울을 보는데 얼굴이 하얗다 못해 창백했다.

"고맙다."

"너처럼 열심히 하는 친구는 없을 거다. 근데 성적은 왜 그렇게 안 나오는 거냐?"

"그걸 알면 얼마나 좋겠냐. 나도 그것이 알고 싶다."

준우는 수학 문제지에서 눈을 떼지 않은 채 대답했다.

"야, 담탱이 온다."

선생님 킬러인 달호가 앞문으로 들어서며 소리쳤다. 친구들은 언제 떠들었냐는 듯 자기 자리로 돌아가서 얌전하게 앉았다. 학생주임인 담임선생님은 학생들 사이에서 무섭기로 유명했다.

담임선생님 뒤로 까무잡잡하면서 빼빼 마른 학생이 따라 들어왔다. 한올과 동규가 운동장에서 봤던 녀석이었다.

친구들이 수군거렸다.

"야, 혼혈아냐?"

"다문화인가 봐."

"우리 반에도 이제 다문화 녀석이 생기는구나."

그때 담임선생님이 회초리로 칠판을 탁탁 두드렸다.

"혼혈? 다문화? 누구냐? 일어서 봐라."

친구들이 슬금슬금 선생님 눈치를 봤다.

"안 일어서겠다? 셋 센다. 하나, 둘……."

담임선생님은 착 가라앉은 목소리로 숫자를 세기 시작했다.

"제가 그랬습니다."

영수가 자진 신고를 하며 일어섰다. 동수도 일어섰다.

담임선생님 목소리가 작아지면 어떤 일이 벌어질지 잘 알기 때문이다. 담임선생님이 영수와 동수를 바라보며 입꼬리를 올렸다.

"야, 두 수들! 또 너희들이냐? 수면 수답게 행동해야지 어떻게 된 게 행동은 가란 말이냐! 이번에도 가다운 상상력이었다. 이 녀석들아! 해수는 한국인이다. 아이티에서 의료 봉사하던 부모님과 함께 생활하다가 이번에 귀국했다. 너희들이 생각하는 다문화가 아니라서 아쉽냐?"

담임선생님이 반 친구들을 둘러보며 목소리를 높였다. 잠시 침묵이 흘렀다. 담임선생님이 새로운 친구를 보며 말했다.

"하해수, 네 소개 해 봐라."

"하해수라고 합니다. 부산에서 태어나자마자 아이티로 가서 살았습니다. 제 꿈은 의사입니다. 아픈 사람들에게 의술을 베푸는 의사가 되고 싶습니다. 제가 좋아하는 것은 운동입니다. 땅에서 하는 운동은 많이 해 봤습니다. 축구, 농구, 마라톤, 등산, 암벽등반 등등. 이번에는 바다에서 하는 운동을 해 보고 싶습니다. 특히 스킨스쿠버를 배워 보고 싶습니다."

"야, 꿈이 의사래."

"스킨스쿠버도 배우고 싶다잖아."

"준우와 한울, 경쟁자가 나타났네."

친구들이 웅성거리며 한울과 준우를 봤다.

담임선생님이 회초리로 칠판을 쳤다.

탁! 탁! 탁!

"조용조용! 스킨스쿠버를 배우면서 의대를 가겠다? 의대를 가려면 지금부터 밤새 공부해도 될까 말깐데 스쿠버를 하면서 의대를 가겠다고? 하해수, 정신 차려라. 여긴 아이티가 아니라 한국이다. 스쿠버는 대학에 가서 배워도 된다. 안 그래? 이한 울!"

담임선생님이 한울을 보며 물었다.

"네, 대학 가서 배워도 됩니다. 하지만 지금 배워도 공부는 할 수 있습니다."

"옳소!"

"옳소!"

교실 안이 어수선해졌다.

"조용! 이한울, 네 꿈은 바다에 사는 거니까 상관없지만 하해수, 이 녀석은 의사가 꿈이라잖아. 아이티에서는 어땠는지 모르지만 한국은 경쟁자가 많아도 너무 많다는 거다. 어느 대학을 가느냐가 중요한 문제다. 먼저 꿈을 이루고 나서 취미생활은 그 후에 해도 된다. 너희들도 마찬가지다. 알겠나?"

"네!"

친구들 대답 소리가 교실을 울렸다. 그래야 후환이 없기 때문이다.

담임선생님이 교실 안을 둘러봤다.

"빈자리가 어딨더라. 아, 저기 똥규, 똥규 옆자리가 비었네.

해수는 당분간 동규 옆에 앉아라."

해수는 동규 옆자리에 앉았다. 그때였다.

"선생님, 우리도 앉으면 안 될까요?"

영수가 담임선생님을 보며 말꼬리를 흐렸다.

"뭘 잘했다고 앉아! 너희들은 그대로 서서 듣다가 내가 나간 다음에 앉아."

영수와 동수는 고개를 숙였다.

"장래 희망은 모두 적어 왔지? 반장은 설문지 걷어 오도록 해라."

한울은 '해저 탐사대원'이라고 적은 설문지를 냈다. 준우 설문지에는 '의사'라고 적혀 있었다.

한울은 준우를 보며 말했다.

"김준우, 경쟁자가 한 명 더 늘었다."

"휴우, 그러게. 경쟁자가 한 명 더 늘었으니 오늘부터는 더 열심히 해야겠다."

한숨을 길게 내쉰 준우 어깨가 잔뜩 움츠러들었다.

준우는 자신이 정말 의사가 되고 싶은지 잘 모르겠다고 했다. 자신이 의사가 되는 것이 엄마 꿈이기 때문에 어릴 때부터 당연히 의사가 되어야 하는 줄 아는 녀석이다.

장래 희망 설문지를 받아 든 담임선생님은 꿈은 크게 가져야 한다고 하면서 학생 본분인 공부를 열심히 해야 꿈을 이룰 수 있다는 일장 연설을 하고는 교실을 빠져나갔다.

영수와 동수는 자리에 앉으며 소리쳤다.

"에이시, 담탱이 때문에 다리 엄청 뻣뻣해졌네."

담임선생님이 나간 교실은 다시 왁자지껄 시장 바닥으로 변했다.

'하해수… 처음 듣는 이름인데, 얼굴은 어디서 본 듯하단 말이야.'

한울은 해수가 낯익었다. 하지만 어디서 봤는지 기억이 나지 않았다.

'혹시 보홀 바닷가에서 봤나?'

한울은 교실을 둘러봤다. 친구들은 서로 이야기하느라 정신이 없었다. 그때 동규와 눈이 마주쳤다. 동규가 윙크를 보내자 한울은 주먹을 날렸다.

동규 옆에 앉은 해수는 책을 꺼내고 있었다.

'아무리 봐도 낯익단 말이야.'

한울은 머리를 흔들었다.

'어디에서 봤든 뭔 상관이야.'

한울은 생각을 떨쳐 버리려고 창밖으로 고개를 돌렸다. 구름 한 점 없는 파란 하늘이 푸른 바다를 보는 것 같았다.

이한울.

운동장에서 눈이 마주쳤던 친구 이름이 이한울이었다. 어디에선가 본 얼굴이다. 스쿠버다이빙을 한다고 하니 친하게 지내면 좋을 것 같다.

해수는 짝꿍이 된 동규를 보며 물었다.

"동규라고 했지? 잘 지내자. 근데 한울이라는 친구, 스쿠버 잘하니?"

"당연하지. 중학교? 아니 초등학교 때부터 스쿠버 했어. 저 녀석 부모님이 스쿠버 샵을 하거든. 참, 너 스쿠버 배우고 싶다고 했지? 잘됐네."

동규는 한울 부모님이 하는 스쿠버 샵과 동호회 이름을 알려주었다. 인터넷에서도 찾을 수 있다고 했다.

다음 날 학교에 갔을 때 동규가 친근하게 말을 걸었다.

"야, 난 똥규다. 넌 뭐냐? 이름 말고 거시기."

해수는 가만히 있었다. 뭘 이야기하는지 알 수 없었기 때문이다. 그때 동규가 답답하다는 듯 자신의 가슴을 탕탕 쳤다.

"멍청하기는! 피부는 깜시고 몸은 빼빼롱이고… 음… 뭐라 하지? 맞다. 아이티에서 왔다고 했지? 넌 이제부터 아이티다."

해수는 무슨 말인지 몰라 동규를 봤다. 그때 동규가 자리에서 벌떡 일어서더니 반 친구들에게 소리쳤다.

"야, 오늘부터 이 녀석을 아이티로 부르는 건 어떠냐? 아이티!"

"어울린다. 어울려. 똥규, 이름 하난 기차게 짓네."

"역시 똥규다."

"야, 아이티 축하한다."

그때부터 해수는 친구들 사이에서 '아이티'라고 불렸다. 해수는 친구들이 '아이티'라고 부르는 것이 그렇게 나쁘지 않다고 생각했다. 아이티는 해수가 자란 곳이기 때문이다.

해수는 한 달 정도 지나자 긴장했던 마음을 내려놓았다. 어른들이나 인터넷에서 이야기하는 것처럼 고등학교 남학생들이 그렇게 거칠거나 불량하지 않았다. 해수가 보기에 그냥 보통 고등학생들이었다. 운동을 좋아하고, 장난치는 것도 좋아하며, 연예인에게 관심을 보이고, 먹을 것이 있을 때는 피 튀기듯 달려드는 것이 어찌 보면 당연하다는 생각이 들었다.

엄마는 정밀검사 결과 자궁체부암 중 자궁내막암이었다. 종양이 밖으로 퍼져 나가지 않고 자궁체부 안에만 있는 상태라 예후가 좋다고 해서 해수와 아빠는 한시름 놓았다. 엄마는 수술 날짜를 잡고 바로 입원했다. 아이티에서는 어려운 수술이 한국에서는 빠르게 진행됐다.

엄마의 암 수술이 성공적으로 끝나는 모습을 보며 한국 의료 기술이 세계 최고 수준에 올라왔다는 것을 실감할 수 있었다. 엄마는 항암치료에 들어갔고, 경과가 좋아서 통원치료를 하고 있다.

토요일 저녁,

해수와 아빠는 빠른 속도로 건강을 회복하고 있는 엄마와 함께 해운대 해수욕장으로 산책을 나갔다. 바닷가에는 해수네 가족처럼 산책을 나온 사람들이 많았다. 해수는 바다를 바라보며 조심스럽게 말문을 열었다.

"아빠… 저, 스쿠버다이빙 배우고 싶어요."

아빠와 엄마 눈길이 동시에 해수에게 멈추었다.

"인터넷을 찾아봤는데 그렇게 위험하지 않대요."

엄마가 해수를 보며 물었다.

"갑자기 스쿠버다이빙은 왜? 수영도 잘 못하잖아?"

"수영하는 거랑은 상관없다고 했어요. 물만 무서워하지 않으면 된대요."

"고등학생이 되면 하던 운동도 그만두고 공부만 해야 한다는데… 운동하면서 공부를 어떻게 하려고? 안 그래도 공부가 어려울 건데… 친구들 따라갈 수 있겠어?"

아빠 목소리는 차가웠다.

"매일 공부만 하는 게 얼마나 힘든데요. 정규수업 끝나면 보충수업에 자율학습까지. 진짜 힘들어요. 숨이 탁 막힌다니까요. 우리 반에 의대 가는 게 꿈이라는 친구가 있어요. 그 친구는 쉬는 시간에도, 점심시간에도 문제집만 풀어요. 그렇다고 성적이 잘 나오는 것도 아니라는데… 아픈 것처럼 생기가 하나도 없는 그 친구를 보고 있으면, 고등학교 생활이 걱정돼요. 난 그 친구처럼 되고 싶지 않아요."

해수는 준우를 보며 들었던 생각들을 쏟아냈다.

엄마가 해수를 슬쩍 훔쳐보고는 조심스러운 듯 입을 열었다.

"공부하는 것도 그렇게 힘든데… 스쿠버까지 하면 더 힘들지 않겠니?"

엄마 말이 끝나자마자 아빠가 입을 열었다.

"요즘 학생들은 고등학교 때 열심히 공부해야 좋은 대학에 간다는 것을 잘 알고 있고 당연하게 생각한다너라. 그래서 열심히 공부하는 애들도 많고… 해수, 너는 의사가 되고 싶다고 했잖아. 의사가 되려면 의대를 가야 하는데, 한국에서 의대 가는 것은 하늘에서 별을 따는 것처럼 어렵고 모래 속에서 바늘 찾는 것처럼 힘들다고도 하는데 어떻게 하려고 그래?"

"죽어라 공부만 한다고 해서 모두 별을 따는 것도 아니고… 별을 딸 수 있을지, 모래 속에서 바늘을 찾을 수 있을지는 해 봐야죠. 마지막에 웃는 자가 진짜 성공하는 거라고 하잖아요."

"음…….."

엄마와 아빠가 서로를 바라봤다.

잠시 침묵이 흘렀다.

상가에서 나오는 음악 소리와 사람들 말소리가 뒤섞여 침묵 속으로 비집고 들어왔다.

엄마와 아빠는 천천히 걸음을 옮겼다. 해수도 걸음을 떼어 놓았다. 아빠는 몇 발자국을 앞서 걷다가 걸음을 멈추고 뒤돌 아섰다.

"스쿠버다이빙을 꼭 배우고 싶은 거니?"

"네."

해수 목소리에는 힘이 들어가 있었다. 자신의 생각을 바꿀 수 없다는 고집스러움이 배어 나왔다.

"네가 공부 스트레스를 많이 받나 보구나. 책만 본다고 공부를 잘하는 것도 아니고… 스쿠버다이빙을 안 한다고 공부를 잘할 수 있는 것도 아닐 거고… 엄마, 아빠가 해수를 믿기로 했으니 계속 믿어야겠지."

"아빠, 고마워요. 공부도 열심히 할게요."

"근데, 고등학생에게 스쿠버다이빙을 가르쳐 주는 곳이 있니?"

엄마가 해수를 보며 물었다.

"네. 우리 반에 스쿠버다이빙을 하는 친구가 있어요. 중학생들도 배운다고 했어요. 그 친구는 초등학교 때부터 배웠다고 하던데요."

해수는 활짝 웃으며 대답했다.

"어머머. 여보, 쟤 표정 좀 봐요. 아주 좋아 죽겠다는 얼굴이에요."

엄마는 아빠와 팔짱을 끼며 어이없는 표정을 지었다. 해수는 엄마와 아빠 사이를 헤집고 들어가서 팔짱을 꼈다.

집으로 온 해수는 인터넷에서 스쿠버다이빙에 대한 정보를 찾았다. 스쿠버다이빙 동호회는 많았다. 동호회 활동을 하면서 교육을 시키는 곳도 여러 군데 있었다. 동규가 말해 준 한울 부모님 스쿠버 샵에도 들어가 보고, 스쿠버 동호회도 클릭해 봤다. 동호회 투어 사진 속에서 한울을 봤다. 세법 근사해 보였다. 해수는 스쿠버다이빙 동호회 전화번호를 메모해 놓고 스쿠버다이빙 장비를 클릭했다. 콧노래를 부르며 스쿠버다이빙 장비를 검색하는 동안 해수 마음은 한껏 들떠 있었다.

다음 날,

해수는 스쿠버다이빙 동호회에 전화를 했다. 돌아오는 토요일에 상담부터 한 다음 첫 수업을 하기로 했다.

토요일 오전, 5분 전, 10시.

해수는 아파트 정문으로 나갔다. 10시 정각이 되자 검정색 코란도가 해수 앞에 멈추었다.

차 창문이 열리고 야구 모자를 쓴 여자가 얼굴을 내밀었다. 쌍꺼풀이 없으면서 옆으로 길게 찢어진 눈, 오뚝한 코, 얇은 입술이 고집스러워 보였다.

"네가 하해수지? 월요일에 통화했던 남 강사라고 해. 반갑다."

남 강사가 손을 내밀었다.

"안녕하세요."

해수도 손을 내밀고 악수를 했다.

"앞에 탈래? 뒷좌석이 지저분해서 말이야."

해수는 남 강사 옆자리에 앉아 뒷좌석으로 고개를 돌렸다. 인터넷에서 봤던 오리발이랑 BC, 웨이트, 호흡기랑 수심계 등 스쿠버 장비들이 뒤엉킨 채 놓여 있었다.

"좀 어지럽지? 어제 야간 다이빙을 하고 늦잠 잤지 뭐니. 급하게 챙겨서 온다고 제멋대로야. 이해해라."

남 강사가 눈웃음을 지었다.

야구 모자 밑으로 쌍꺼풀 없는 커다란 눈이 하회탈처럼 웃음을 짓고 있었다. 까무잡잡한 피부에 긴 머리를 한 가닥으로 질끈 동여맨 남 강사는 건강해 보였다.

음악 소리가 차 안을 메웠다.

"아줌마한테도 고딩 1년 아들이 있어. 그 녀석은 지금까지도 늘어지게 자고 있다니까. 주말에는 늦잠을 자 주는 게 예의라나 뭐라나."

해수는 옆눈으로 남 강사를 바라봤다.

남 강사는 앞을 바라보며 말을 이어 갔다.

"고딩인 녀석이 공부는 멀리 갖다 버려 놓고 요즘 스쿠버에만 빠져 있다니까… 점심때쯤 풀장으로 올 거다. 근데 해수야, 너도 고딩이잖아. 공부해야 할 때인데 어떻게 스쿠버를 배울 생각을 했니?"

해수는 창밖으로 눈을 돌렸다.

"그냥 배우고 싶어서요."

"부모님이 반대 안 해?"

"반대 안 했다면 거짓말이고요. 그래도 쿨한 성격이시라… 매일 공부만 할 수는 없잖아요. 스쿠버를 배운다고 공부를 못 하는 것도 아니고……."

"어머머, 넌 어쩜 그렇게 어른스러우니? 너희 부모님은 걱정

안 하시겠다. 하나밖에 없는 우리 아들 녀석은 너무 덜렁거려서 걱정인데. 무슨 말을 하면 지가 알아서 다 한다고 걱정 말라고 한다니까."

해수는 남 강사 이야기를 들으며 미소를 머금었다. 한울이라는 것을 알 수 있었기 때문이다.

다이빙 풀장은 스포츠센터 5층에 있었다. 풀장 앞에는 다이빙 장비들이 놓여 있고 바로 옆은 사무실이었다. 해수는 남 강사를 따라 사무실 안으로 들어갔다. 안경을 낀 아저씨가 의자에 앉아 있었다.

"백상아리님, 빨리 나오셨네요?"

"할 일도 없고 해서… 오늘 처음 배운다는 친구야?"

"네. 한울이랑 같은 고딩이에요."

"고딩이면 열심히 공부할 시기인데 스쿠버를 배운다고?"

"우리 한울이에게나 공부 좀 하라고 하세요. 해수는 알아서 잘 하겠던데요. 해수야, 인사해. 백상아리님이라고 보조 강사님이셔."

'한울 녀석, 공부를 어지간히 안 하나 보네.'

"해수야, 백상아리님에게 인사해야지."

"아, 안녕하세요."

백상아리 아저씨가 손을 내밀었다.

"백상아리라고 한다. 잘 부탁한다. 난 그냥 아저씨라고 불러도 돼. 이왕 배우는 거 열심히 해라."

남 강사가 책과 서류를 내밀었다.

"자, 이 책은 스쿠버다이빙에 관한 책이야. 시간 날 때마다 읽어 봐. 모르는 거 있으면 언제든지 물어보고. 나중에 오픈워터 자격증 따려면 시험 봐야 하니까 잘 읽어 둬야 한다. 우선 서류부터 작성하자."

해수는 서류를 받아 들었다. 이름과 주소, 전화번호를 적고 건강 체크도 끝냈다. 서류를 받아 든 남 강사가 해수에게 이것저것 물어봤다. 전화상으로 이야기했던 것들이지만 한 번 더 체크하는 것이라고 했다. 서류 작성을 끝내고 상담을 마치자 남 강사가 차 키를 챙겼다.

"백상아리님, 오늘 수고해 주세요. 저는 잠시 일 좀 보고 올게요."

"걱정 말고 갔다 와."

남 강사가 손을 흔들며 나갔다.

해수는 백상아리 아저씨가 건네주는 슈트를 입었다.

"답답하지? 곧 적응될 거다. 바닷속에는 위험한 것들이 많아서 슈트를 입어야 하거든."

백상아리 아저씨는 해수에게 호흡기와 수심계, BC와 웨이트에 대해서, 또 핀과 마스크까지 스쿠버다이빙 할 때 필요한 장비에 대해 설명해 주었다. 호흡기와 수심계를 BC와 공기통에 끼우는 법을 가르쳐 주고 나서 해수에게 직접 세팅하게 했다. 해수는 인터넷 동영상을 보며 미리 익혔기 때문에 어렵지 않게 할 수 있었다.

"제법인데. 이제 물속으로 들어가 볼까?"

물속으로 들어간다는 말은 해수를 두근거리게 했다. 겁먹어서 떨리는 건지, 스쿠버다이빙을 하게 돼서 흥분되는 건지 알 수 없었다.

"자, 공기통을 메 볼까?"

백상아리 아저씨는 해수가 공기통을 멜 수 있게 도와주고는 다이빙 풀장 앞에 섰다.

"우선 물에 들어가기 전에 BC에 공기를 넣어야 해. 그래야 몸이 뜨거든."

백상아리 아저씨가 BC에 공기를 넣었다.

"BC에 공기를 넣었으면 입수할 장소가 안전한지 잘 살펴야 하는 거야. 주변이 안전한지 확인하고 나서 마스크와 호흡기를 잡고 약간 넓게 한 걸음을 크게 벌려서 입수하는 거야. 이때 발을 너무 크게 벌릴 필요는 없어. 자, 잘 봐라. 이렇게."

백상아리 아저씨는 오른손으로 마스크와 호흡기를 잡고 큰 걸음으로 한 발을 내디디면서 몸을 물속으로 던졌다. 풍덩!

백상아리 아저씨는 물속에서 고개를 내밀고 해수를 올려다 봤다.

"봐 간단하지? 할 수 있지?"

"네."

해수는 BC에 공기를 넣었다.

슈우~ 슈우~

공기가 들어가며 BC가 팽팽하게 몸을 조여 왔다.

"자, 한 발을 좀 더 내디딘다고 생각해."

해수는 발을 내디디려고 했지만 할 수 없었다. 무거운 공기 통을 멘 몸을 물 위로, 그것도 걷듯이 내디딘다고 생각하니 도저히 발이 떨어지지 않았다. 공중을 그것도 물 위를 걷는다는 생각에 겁이 났다.

"그냥 발을 앞으로 내디디기만 하면 돼."

해수는 그 자리에서 움직일 수 없었다.

"녀석, 겁먹었네. 그럼 좀 더 쉬운 방법으로 해 보자."

백상아리 아저씨가 물 밖으로 나왔다. 그러고는 수영장 턱에 앉았다. 몸을 옆으로 비틀고 손으로 모서리를 의지해서 몸을 물 쪽으로 밀었다. 그러자 몸이 물속으로 풍덩 들어갔다.

"이 방법은 쉽지? 팔을 밀면서 입수하면 되는 거야. 참, 이때 주의할 점은 몸이 돌아가지 않도록 하면 돼. 자, 이제 입수해 보자.”

해수는 고개를 끄덕였다.

백상아리 아저씨처럼 수영장 턱에 앉았다. 그러고는 몸을 왼쪽으로 돌렸다. 하지만 역시 손을 떼기가 쉽지 않았다.

“자, 이젠 손으로 밀치기만 하면 돼. 살짝 밀쳐 봐.”

해수는 백상아리 아저씨를 내려다봤다. 백상아리 아저씨는 살짝 웃는 얼굴로 해수를 올려다봤다. 할 수 있을 거라는 표정이었다.

‘난. 할 수 있어. 이것도 못 하면 하해수가 아니지. 난 할 수 있어.’

해수는 마음속으로 소리치며 손에 힘을 주고 몸을 밀었다. 몸이 휘청이더니 물속으로 떨어졌다.

풍덩!

커다란 소리를 내며 물이 사방으로 튀었다. 해수 몸이 둥둥 떴다. 안심이 되었다.

“처음에는 겁을 먹는 경우가 많아. 무거운 공기통을 메고 물에 뜨지 않으면 어쩌나 하는 생각 때문이지. 혹시라도 죽을까 봐서 말이야. 하하하. 봐라 물에 뜨잖아. 물에서는 편하게 몸을 맡기면 돼. 자, 이제 몸을 편안하게 눕히고 핀을 살살 움직여 봐. 천천히."

해수는 뒤로 누워서 핀을 움직였다.

"그렇지. 물과 친구가 될 수 있어야 스쿠버다이빙이 즐거운 거야. 물에서는 항상 편안한 자세를 취할 수 있어야 해. 지금처럼 말이다."

백상아리 아저씨가 물 위에 누워 있는 해수를 보며 눈웃음을 지었다.

"이제 물에 적응이 된 거 같네. 자, 이제부터 중요한 것을 배울 차례다."

해수는 누웠던 몸을 바로 세우고 백상아리 아저씨를 바라봤다.

"이제 물속으로 들어갈 거야. 우선 호흡기를 입에 물고 BC에 바람을 살짝 빼는 거다. 공기를 조금 빼면 몸이 물속으로 내려가게 될 거야. 이때 이퀄라이징*을 해야 해. 이퀄라이징을 해야 더 깊은 물속으로 편하게 들어갈 수 있어. 이퀄라이징을

---

* 압 평형. 고막은 평소에 외부 또는 내부 압력 변화에 노출되는 경우가 드물어 하강함에 따른 내부 압력의 변화에 민감하다. 이때 코를 손가락으로 잡아 막아주고 폐 속에 공기를 내뿜어 주어 내부 압력을 높여 주어 고막이 밖으로 밀리면서 외부와 압 평형을 이루도록 해 주어야 한다. 귀의 압 평형이 되지 않은 경우 통증을 참고 계속 하강하면 고막이 터지게 된다.

제대로 하지 않게 되면 머리가 깨질듯 아프고 귀가 먹먹하면서 소리가 잘 들리지 않아. 또 물이 귀에 들어가서 다이빙을 할 수 없게 돼. 우선 아저씨가 하는 것을 잘 봐라. BC에 넣었던 공기를 조금 빼는 거야."

백상아리 아저씨는 호흡기를 물고 BC 공기를 빼고 물속으로 들어갔다가 나왔다.

"잘 봤지? 이퀼라이징을 어떻게 하냐 하면 왼손 엄지와 검지로 콧구멍을 누르고 바람을 세게 내뿜는 거야. 그러면 귀가 뻥 뚫린 느낌이 들 거다. 양쪽 귀가 다 뚫리는 느낌이 들어야 이퀼라이징이 제대로 된 거야. 그런 후에 BC에 남아 있는 공기를 빼면서 물속으로 들어가는 거다. 이퀼라이징이 됐을 때 아저씨에게 신호를 보내라. 이렇게."

백상아리 아저씨가 엄지와 검지를 맞붙여 동그라미를 그렸다. 해수는 고개를 끄덕였다.

"이론적으로 이야기해 봐야 머리에 안 들어올 거다. 직접 해 봐야지. 자, 이제 하강해 보자."

해수는 호흡기를 물고 BC 공기를 살짝 뺐다.

피식.

공기가 빠져나가는 소리가 들리며 해수 몸이 물속으로 들어갔다. 백상아리 아저씨가 이퀼라이징을 하라고 손짓을 했다.

해수는 엄지와 검지로 코를 잡고 콧김을 내뿜었다. 하지만 뻥 뚫리는 느낌이 나지 않았다. 몇 번을 시도했지만 되지 않았다.

백상아리 아저씨가 엄지와 검지로 동그라미를 그려 보였다. 해수는 머리를 흔들었다. 아저씨가 해수 BC에 공기를 넣었다. 해수는 몸이 물 밖으로 나오자 호흡기를 뺐다.

"잘 안 돼요."

"처음이라 그럴 거다. 물속에서 내가 하는 걸 잘 봐라."

해수는 얼굴을 물속에 넣고 백상아리 아저씨를 봤다. 백상아리 아저씨가 오른쪽 콧구멍을 잡고 힘을 주었다. 그러고는 BC 공기를 빼며 밑으로 내려갔다.

해수도 BC에 있는 공기를 살짝 빼고 물속으로 들어가서 백상아리 아저씨를 따라 이퀄라이징을 했다. 아무리 해도 뻥 뚫리는 느낌이 들지 않았다. 하지만 밑으로 내려가고 싶은 마음이 강했다.

'이퀄라이징을 안 한다고 진짜 고막이 터질까?'

해수는 BC 공기를 빼기 시작했다. 그러자 정말로 몸이 밑으로 내려가기 시작했다. 그런데 갑자기 머리가 아프기 시작하더니 귀가 먹먹해지며 고막이 터질 것만 같았다. 해수는 다리를 파닥거리며 올라가려고 했다. 하지만 몸은 올라가지지 않았다.

해수는 호흡기를 빨며 발버둥쳤다. 그때 백상아리 아저씨가 해수 BC에 바람을 넣었다. 해수 몸이 붕 떠올랐다. 해수는 몸이 물 위에 떠오르자 호흡기를 뺐다.

"푸하! 헉헉헉."

해수 입에서 가쁜 숨이 뿜어져 나왔다. 죽다가 살아나온 기분이었다.

"이 녀석아, 이퀄라이징을 해야 한다고 했잖아. 죽고 싶어!"

백상아리 아저씨는 화가 잔뜩 나 있었다.

"이퀄라이징을 안 하고 들어갔다간 고막이 터진다고 했잖아! 이퀄라이징이 안 되면 절대 물속으로 들어갈 수 없다고 했잖아! 물속에서 죽고 싶지 않으면 이퀄라이징 연습을 잘 해야지."

"이퀄라이징이 잘 안 되니?"

해수는 고개를 돌렸다. 남 강사였다.

"언제 왔어? 이 강사는?"

"좀 있으면 올라올 거예요."

백상아리 아저씨는 다시 해수를 봤다.

"처음부터 잘할 수는 없어. 한 번에 이퀄라이징이 잘된 사람은 없었으니까. 잠시 올라가서 쉴래?"

"좀 더 연습하고요."

"녀석, 대단한데. 다른 애들 같았으면 포기했을 텐데. 오기가 있네. 그런 정신이면 금방 배우겠다. 남 강사가 왔으니 난 잠시 화장실 갔다 오마. 남 강사, 해수 좀 봐 줘."

백상아리 아저씨는 BC를 벗고 밖으로 나갔다.

해수는 몸을 뒤로 눕히고 편안한 자세를 취했다. 물에 둥둥 떠 있으니 기분이 좋았다. 좀 전에 물속에서 있었던 일을 생각하자 가슴이 '쿵쾅'거리기 시작했다.

스쿠버다이빙을 괜히 배운다고 한 건 아닌가 하는 생각과 지금이라도 포기하고 밖으로 나갈까 하는 생각이 꼬리를 쳤다. 하지만 조금 더 물 위에 떠 있기로 했다. 물 위에 떠 있는 것은 좋았다.

"해수야, 물과 하나가 된다고 생각해라. 물속에서도 몸에서 일어나는 반응을 잘 인지해야 해. 네 몸을 읽으려고 해 봐. 이퀄라이징을 할 때도 마찬가지야."

남 강사는 해수를 내려다보며 말했다. 그때 전화벨 소리가 울렸다.

"잠시만."

남 강사가 사무실 안으로 들어갔다.

해수는 지금까지 자신이 하고자 하는 일은 뭐든지 해냈다. 이퀄라이징도 잘 해낼 수 있을 거라고 생각했다. 다시 BC 공기

를 빼고 물속으로 들어갔다. 이퀄라이징을 시도했지만 느낌이
오지 않았다. 해수는 결국 다시 물 밖으로 몸을 내밀었다.

"야, 이거 누구야? 아이티 아냐! 아이티, 스쿠버다이빙 배우
는 거야? 이퀄라이징 연습하는구나."

해수 눈과 한울 눈이 마주쳤다. 한울이 해수를 내려다보고
있었다.

"아이티! 이퀄라이징 하기 힘들지? 무조건 코를 흥흥거린다
고 이퀄라이징이 되는 게 아냐."

"……."

"너, 비행기 타 봤잖아. 비행기 타고 올라가면 귀가 먹먹하다
가 나중에 뻥 뚫리는 느낌 알지? 바로 그 느낌이 들어야 하는
거야. 야, 초보! 내가 선배로서 한 가지 알려줬다."

해수는 한울을 보며 고개를 끄덕였다.

"잘해 봐라. 난 단 한 번에 물속으로 들어갔으니까."

'그래? 한울, 너도 했는데…….'

해수는 다시 물속으로 들어가서 이퀄라이징을 했다. 여전히
잘 되지 않았다. 하지만 한울이 단 한 번 만에 이퀄라이징을
했다는 말에 오기가 생겼다.

'도대체 저 녀석은 어떻게 단 한 번에 된 거야. 비행기를 탔을
때 귀가 뻥 뚫리는 느낌이라고 했지. 그래, 뻥 뚫리는 느낌은

내가 알지.'

해수는 엄지와 검지로 코를 잡고 숨을 세게 내뿜었다. 그때 왼쪽 귀가 뻥 뚫리는 느낌이 들었다.

'그래 이거였어.'

해수는 다시 한 번 더 바람을 세게 불었다. 오른쪽 귀도 뻥 뚫렸다. 해수는 백상아리 아저씨가 했던 것처럼 BC 바람을 뺐다. 그러자 몸이 밑으로 쑤욱 내려갔다. 공기를 천천히 내뱉자 몸이 바닥까지 가라앉았다.

해수는 고개를 돌렸다. 어느새 물속으로 들어온 백상아리 아저씨가 고개를 끄덕이며 오케이 사인을 보냈다. 해수도 엄지와 검지로 동그라미를 만들어 오케이 사인을 보냈다. 백상아리 아저씨가 따라오라고 했다. 해수는 백상아리 아저씨를 따라 핀을 찼다.

풀장을 한 바퀴 돌고 다시 반대로 돌고, 조금 위로 올라가서 돌고, 다시 밑에서 한 바퀴 돌고 나서 바닥에 앉았다. 아저씨가 다시 엄지와 검지로 동그라미를 만들더니 엄지손가락을 치켜세우며 고개를 끄덕였다. 그러고는 다시 풀장을 돌았다. 반복되는 연습이었지만 기분은 날아갈 것 같았다.

백상아리 아저씨가 해수의 게이지 눈금이 50bar에 가 있다는 것을 확인하고는 엄지손가락을 위로 치켜들었다. 아저씨는 몸을 위로 세웠다. 그러고는 인플레이터 호스를 들고 공기주입 버튼을 눌렀다. 아저씨는 해수를 보며 따라 하라는 손짓을 했다. 해수는 몸을 위로 세우고 인플레이터 호스를 들고 공기주입 버튼을 눌렀다. 그러자 몸이 위로 올라가기 시작했다.

해수 몸이 물 밖으로 나왔다.

"해수야, 잘했어. 자, 이제 밖으로 나가자."

백상아리 아저씨가 풀장 계단을 잡고 위로 올라가자 남 강사가 백상아리 아저씨 공기통을 잡아 주었다.

"남 강사, 저 녀석 잘하는데. 바다로 나가면 한울과 버디 해도 되겠어."

"그래요? 해수야, 축하한다."

남 강사는 해수 공기통을 잡고 웃었다. 밖으로 나온 해수 몸이 휘청거렸다.

"무겁지? 자, BC를 벗어라."

남 강사는 해수가 BC를 벗을 수 있도록 도와주었다. 무거운 공기통이 떨어져 나가자 몸이 날아갈 것처럼 가벼웠다.

"어때? 할 만해?"

남 강사가 해수를 보며 물었다. 해수가 뜸들이는 사이에 백상아리 아저씨 목소리가 들렸다.

"남 강사. 한울보다 배우는 게 빨라. 이퀄라이징도 훨씬 빠른데."

"아저씨, 난 이퀄라이징 한 번에 했다고요!"

해수가 풀장 계단에서 올라오는 것을 지켜보던 한울이 사무실 문을 열고 나왔다.

"너, 언제 왔냐?"

"왜요? 내 흉 더 보려고요?"

"허허, 녀석 발끈하기는. 넌, 이틀 만에 했잖아."

"제가 언제요?"

"이 녀석, 우기는 것 좀 보게나. 불리하면 우긴다니까."

"우이씨, 아저씨!"

"허허허, 알았다. 알았어."

해수는 자신이 잊고 있었던 어릴 때 꿈을 떠올렸다. 다친 돌고래를 치료하고 돌보며 지내던 해양생물학자 아저씨. 돌고래와 교감을 나누는 아저씨 얼굴과 돌고래를 바다로 돌려보내고 눈물을 흘리던 모습이 영화를 재생시킨 것처럼 떠올랐다.

그때 해수는 자신도 돌고래와 교감을 나누는 해양생물학자가 될 거라는 꿈을 꾸었다. 잊고 있었던 어릴 때 꿈이 해수 가슴속에서 꿈틀대며 고개를 쳐들었다.

결코 만만치 않은 바다

한울 3

- kc형! 발리카삭 완전 뒤집혔다는데 어때요?

○ 완전 싹 쓸어버렸어.

- 그렇게 심해요?

○ 25년 만에 온 초강 태풍이었어. 아름답던 산호를 언제 다시 볼 수 있을지 모르겠구나.

- 그 아름답던 산호들이 다 사라진 거예요?

○ 산산조각 나 버렸지 뭐냐.

- 물고기들은요? 거북이들도 볼 수 없는 거예요?

○ 어제 들어가 봤더니 한두 마리씩 보이긴 하더라.

● 다행이네요. 참, 아톰과 람보는요?

○ 항상 똑같다. 람보 녀석, 이제 겨우 잔디 파는 거 고쳤다니까. 한번 버릇 잘못 들면 고치기 힘들어. 참, 네 절친 동규는 잘 지내냐?

● 똥규요? 아주 잘 지내고 있어요.

○ 똥규는 스쿠버 안 배운대?

● 똥규 녀석, 오직 먹는 거에만 관심 있다니까요. 참, 스쿠버다이빙 배우는 친구 생겼어요.

○ 그래?

● 내일 다이빙 투어 같이 가요. 욕지도로.

○ 친구가 생겨서 좋겠다.

● 뭐 그렇긴 하지만⋯ 왠지 신경 쓰이는 친구긴 해요.

○ 네 성격이라면 잘 지낼 거다. 오늘은 여기서 스톱해야겠다. 야따르가 부르네.

● 형, 발리카삭 잘 지키세요.

○ 녀석, 알았다. 욕지도 투어 잘 갔다 와라.

kc형과 메신저를 하던 한울은 늦은 밤이 되어서야 잠이 들었다.

새벽에 잠이 깬 한울은 일행과 6시 30분에 출발해서 통영

선착장에서 9시 배를 타고 욕지도로 들어왔다. 기다리고 기다리던 욕지도 다이빙 투어였기에 다들 기대에 차 있었다.

토요일 오전 11시 30분,

일행은 욕지도 스쿠버 샵인 '해양대국'에 짐을 풀었다.

한울은 한껏 들떠 있었다. 점심을 먹기 전에 스쿠버다이빙을 한 깡* 하기 위해 슈트를 입고 해양대국 앞 바다인 자갈마당으로 갔다.

자갈마당에는 작은 파도가 넘실거렸다.

"와우! 욕지도야~ 얼마 만이냐! 내가 왔다!"

한울이 소리쳤다.

차돌 아저씨가 장비를 세팅하며 한울을 봤다.

"한울, 신났네."

"당연하죠. 학교에서 탈출! 도시에서 탈출! 신나게 바닷속을 누빌 거잖아요."

한울은 큰 소리로 외쳤다. 그러고는 곁눈질로 해수를 봤다. 해수도 다이빙 장비를 세팅하고 있었다.

'아이티는 지금 어떤 기분일까?'

해수 앞에서 뽐내고 싶은 마음에 한울은 얼른 장비 세팅을

---

* 스쿠버다이빙 횟수

끝내고 바다로 향했다.

"한울, 소시지 챙겼니?"

아빠 목소리였다. 한울은 뜨끔했다. 하지만 해수에게 허점을 보이기 싫었다.

"당연히 챙겼죠."

한울은 얼른 BC에 공기를 넣고 바다로 들어갔다. 뒤로 누워 핀을 신고 파도에 몸을 맡겼다. 그러고는 전날 엄마와 나누었던 대화를 생각했다.

"한울, 저번 투어 때 소시지 안 챙겼던데… 소시지는 꼭 챙기고 다녀야 한다."

"버디가 챙기는데 굳이 나까지 가지고 다닐 필요 없잖아요."

"그래도 뭔 일이 생길지 모르니까 BC주머니에 넣고 다녀. 자기 소시지는 자기가 잘 챙겨야 하는 거야. 만약을 위해서야."

"엄마는 걱정도 팔자야. 내가 알아서 할 거니까 걱정하지 마세요."

한울은 소시지를 챙기라는 엄마 말을 무시했다.

한울은 눈을 감았다. 파도 소리 사이로 아빠 목소리가 들렸다.

"500m 앞까지 스노클링으로 나간 다음 하강하도록 하겠습니다."

핀을 착용한 일행들은 스노클링을 하며 바다로 나갔다. 스노클링 하는 것을 싫어하는 한울은 누워서 핀을 천천히 움직였다.

목적지에 도착한 일행들은 동그랗게 모였다.

"한울은 차돌님과 남방돌고래와 한 조로 다니고, 백상아리님은 해수 버디입니다. 해수는 백상아리님을 따라다니면서 잘 배워라."

아빠 말이 끝나자 모두 호흡기를 물고 하강하기 시작했다. 한울도 차돌 아저씨, 남방돌고래 아저씨와 함께 하강했다.

수심 10m. 시야 5m.

부유물이 많아 시야가 흐렸다. 한울은 차돌 아저씨 지시에 따라 핀을 움직였다. 좀 더 깊이 들어가면 시야가 맑아질 수 있다. 조류를 따라 움직이며 수심 15m 정도 내려가도 시야는 5m였다.

수심 25m. 시야 5m.

여전히 시야는 좋지 않았다. 한울은 흐릿한 바닷속 풍경을 자세히 보기 위해 모래 바닥 가까이 내려갔다. 한울은 중심을 잡기 위해 모래 바닥에 짚었던 손을 위로 치켜올렸다. 모래 바닥에 쏠배감펭이 숨어 있었기 때문이다. 쏠배감펭은 등지느러미에 날카로운 가시가 있는데 이 가시에 찔리면 극심한 통증과 함께 부종이 생기며 찔린 부위가 하얗게 변한다.

차돌 아저씨가 손가락을 쏠배감펭 가시에 찔린 적이 있다. 통증이 심하고 구토를 하면서 저혈당 증세가 나타나서 응급실로 실려 갔었다.

시야가 흐릴 때, 모래 바닥에 있는 쏠배감펭은 모래와 구별이 잘 안 된다. 그래서 조심해야 한다. 한울은 흐린 시야가 아쉽기만 했다. 흐린 시야 속에서도 바위와 바닥에 다닥다닥 붙어 있는 흰 불가사리들은 눈에 잘 띄었다. 한울은 불가사리만 보면 백상아리 아저씨가 생각났다.

'아저씨는 불가사리 잡느라 정신없겠네.'

그때 '땅땅땅' 공기통을 치는 소리가 들렸다. 한울은 소리 나는 쪽으로 눈을 돌렸다. 남방돌고래 아저씨가 차돌 아저씨를 보며 손으로 머리를 감싸고 있었다. 한울은 게이지를 봤다. 130bar였다.

'공기가 많이 남았는데…….'

차돌 아저씨가 따라오라는 신호를 했다. 일행 중 사고가 있을 경우에는 공기가 아무리 많이 남아 있어도 함께 행동해야 한다는 걸 잘 알고 있는 한울은 아쉬움을 뒤로하고 일행을 따라 움직였다.

차돌 아저씨가 자갈마당으로 방향을 바꾸었다. 한울은 자

갈마당 바로 앞에서 상승했다. 핀을 벗고 밖으로 나오자 공기
통이 다른 날보다 더 무거웠다.

한울은 자갈 위로 BC를 벗었다.

"아저씨, 어떻게 된 거예요?"

한울은 남방돌고래 아저씨를 보며 물었다.

"가, 갑자기 머리가 띠~잉 하면서 아픈 거야. 어제 과음했던
게 무…문제였나 봐."

"공기도 많이 남았는데……"

"하, 한울, 미안하다."

남방돌고래 아저씨가 햇볕에 달구어진 자갈 위로 털썩 드러
누웠다.

"아, 따뜻하니 조오타."

차돌 아저씨가 한마디 했다.

"한울, 빨리 나와서 섭하겠다. 남방돌고래, 다이빙 오기 전
날은 되도록 술은 마시지 말게. 사람이 술을 마시는 게 아니라
술이 사람을 마신단 말이야."

남방돌고래 아저씨는 고개를 끄덕이더니 바로 눈을 감았다.

한울은 자갈 위에 앉았다. 자갈이 햇볕을 받아 뜨끈뜨근했
다. 눈앞에 펼쳐진 바다는 파도 없이 잔잔했다.

'아이티 녀석, 흐린 바닷속 구경 실컷 하고 있겠네. 욕지도

첫 다이빙인데 안됐다.'

한울은 자갈 위로 누웠다. 그러고는 숫자를 세기 시작했다.

'하나, 둘, 셋… 스물… 마흔… 일흔… 아흔… 백… 백십오.'

"저기, 이 강사와 백상아리가 나오네."

차돌 아저씨 목소리에 한울은 숫자 세기를 그만두고 고개를 들었다. 세 사람이 보였다. 한울은 다시 누웠다.

잠시 후, 아빠 목소리가 들렸다.

"차돌님, 언제 나온 거예요?"

"남방돌고래가 머리 아프다고 해서 빨리 나왔어."

"남방돌고래, 괜찮아?"

"네. 아까는 머리가 띠… 띵하니 아팠는데 좀 괜찮아졌어요."

"장비 챙기고 올라가겠습니다. 점심 먹고 좀 쉬었다가 보트다이빙 두 깡 할 겁니다. 남방돌고래, 보트다이빙 갈 수 있겠어?"

"오후에 보고… 갈 수 있으면 가야지요. 쉬고 나면 괜찮을 거예요."

"자네, 천천히 말하니까 하나도 안 더듬네."

차돌 아저씨가 남방돌고래 아저씨를 봤다.

"나도 모르는 사이에 말 더듬는 거 없어졌어요. 형님 덕분이에요."

"긍정적인 생각은 나를 변하게 한다. 맞는 말이잖아. 해수는
어땠어?"

차돌 아저씨가 해수와 아빠를 보며 물었다.

"해수, 많이 늘었어요. 시야가 흐린데도 잘하던데요."

아빠는 엄지손가락을 들어 올렸다. 해수가 환하게 웃었다.
쌍꺼풀 없는 큰 눈이 초승달처럼 달라붙었다.

"해수 웃는 모습이 한울과 닮았네. 아주 매력적이야. 하하
하."

차돌 아저씨가 해수를 보며 큰 소리로 웃었다. 한울은 해수
를 봤다.

'치, 하나도 안 닮았네요. 웃는 얼굴은 내가 최고라더니⋯⋯.'

"해수 웃는 얼굴이 우리 한울이와 많이 닮았죠? 한울이 매
력 포인트가 웃는 얼굴인데 라이벌이 생겼네. 하하하."

아빠는 웃음기 가신 얼굴로 해수를 봤다.

"해수야, 앞으로도 오늘처럼 하면 돼. 욕지도 바닷속 어땠
어?"

"시야가 흐려서 아쉬웠지만 그래도 괜찮았어요. 물고기들은
흐린 물속에서도 헤엄 잘 치던데요. 뿔소라랑 멍게들도 봤어
요."

"그래, 흐린 시야에서 하는 다이빙도 교육과정 중 하나니까 오늘 좋은 체험 한 거야. 오후에 보트다이빙 갈 건데 그때는 시야가 좋을 거야. 보트다이빙 때는 좀 멀리 나갈 거니까 기대해도 될 거다. 하하하."

아빠 웃음소리는 컸다. 기분 좋은 웃음이었다. 한울은 다이빙 장비를 챙겨 들었다. 백상아리 아저씨가 불가사리를 자갈 위에 쏟아냈다. 그러고는 해수에게 엄지손가락을 치켜세웠다.

"해수, 잘하던데. 전생에 다이버였지 싶더라."

그때 트럭 소리가 났다.

해양대국에서 유 강사가 공기통과 장비를 실으러 왔다.

"다이빙 잘하셨습니까? 시야는 어떻던가요?"

"좋지 않았어. 오후 보트다이빙 때는 괜찮겠지?"

아빠가 유 강사를 보며 물었다.

"조류가 바뀌면 괜찮아질 겁니다."

일행들은 공기통과 다이빙 장비를 트럭에 실은 다음 해양대국으로 올라갔다.

한울은 앞에서 걸어가는 해수를 불렀다.

"아이티, 흐린 시야 속 다이빙 패스한 거 축하한다. 다이빙 재미있냐?"

해수는 고개를 끄덕였다.

"생각보다 재미있어. 지금은 바닷속을 볼 수 있다는 게 신기할 뿐이야."

한울은 해수 어깨를 툭 쳤다.

"아이티, 이제 다이빙 마니아가 될 일만 남았네."

해수는 뒤돌아서서 바다를 한번 쳐다보고는 걸음을 옮겼다. 한울은 해수 얼굴을 살짝 훔쳐봤다. 까무잡잡한 해수 얼굴에서 설렘으로 가득 찬 표정을 읽을 수 있었다. 한울은 해수에게 자꾸 끌리는 자신이 이상하다는 생각이 들었다.

'한울, 정신 차려.'

한울은 자신의 볼을 꼬집었다. 그런데 하나도 아프지 않았다.

오후 3시.

"보트다이빙 갈 거니까 모두들 장비 챙기세요. 남방돌고래 괜찮아?"

"괜찮아요. 벼르고 벼르다 왔는데 보트다이빙을 안 할 수는 없죠."

일행들이 공기통과 스쿠버다이빙 장비를 싣자 보트는 굉음을 내며 출발했다. 보트는 섬과 섬 사이를 지나 20분 정도 달리더니 멈추었다.

섬들이 바둑돌처럼 보였다.

"다들 장비 챙겼나요? 이번 다이빙 버디도 오전 그대로입니다. 해수, 보트다이빙 처음이지? 해수는 잠시 기다리고 다른 분들은 바다로 뛰어드세요."

한울은 보트다이빙을 제일 좋아한다. 오전에 못 한 다이빙을 맘껏 즐길 생각이다. 뱃머리로 간 한울은 보트다이빙의 묘미를 느끼기 위해 '풍덩' 뛰어들었다. 그러고는 뒤로 누워서 배 위를 올려다봤다.

아빠가 해수에게 뛰어내리는 요령을 가르치고 있었다. 해수는 오른손으로 마스크를 잡고 호흡기를 왼손 어깨에 걸치고 뛰어내렸다. 한울이 봐도 오래전부터 다이빙을 했던 것처럼 주저하거나 겁내지 않았다.

'짜식, 잘하네.'

모두 바다 위에 둥둥 떠서 하강 준비를 했다.

"자, 하강하겠습니다."

일행들이 하강하기 시작했다.

시야는 맑았다.

해초들은 조류에 떠밀리듯 팔락팔락거렸고 작은 물고기들은 해초 사이를 숨바꼭질하듯 다녔다. 뿔소라는 바위 구멍에 집을 짓고 있었으며, 평평한 바위에 달라붙은 보말들은 슬금슬금 자리를 옮겼다. 성게는 무서울 것이 없다는 듯 날카로운 가시에 힘을 주고 있었다. 산호처럼 바위에 붙어 있는 멍게와 말미잘은 촉수를 흔들었다.

한울은 해초와 물고기들을 엿보면서 해수를 찾았다. 해수는 백상아리 아저씨 옆에서 천천히 핀을 차고 있었다. 한울이 처음 스쿠버다이빙을 배울 때 눈을 반짝였듯이 해수도 바닷속 풍경에 빠져들고 있을 거라는 생각이 들었다. 한울은 오전에 못 한 다이빙을 즐기기 위해 핀을 움직이며 방향을 틀었다.

수심 30m. 시야 20m.

바다 밑이 한울 눈에 들어왔다. 한울은 팔짱을 끼고 감탄사를 연발하며 바닷속 풍경에 푹 빠져들었다.

한울은 자신이 조류에 떠밀려 가고 있다는 걸 눈치채지 못했다. 바위에 붙은 색색깔 산호 숲을 따라 움직이던 한울은 이상한 느낌에 고개를 돌렸다.

'어, 어디 갔지?'

이리저리 살폈지만 일행들이 보이지 않았다. 한울이 산호에 정신 팔려 갑자기 조류가 바뀐 것을 알아차리지 못했던 것이다. 갑자기 바위에 한울 공기통이 부딪혔다.

쿵!

한울은 공기통 부딪히는 소리에 정신이 번쩍 들었다.

'어, 뭐지?'

게이지를 봤다. 눈금이 90bar에 멈추어 있었다. 수심 30m.

한울은 일행을 찾기 시작했다. 자신이 왔던 곳으로 방향을 틀었지만 그 많던 산호는 보이지 않았다.

'어떻게 된 일이지? 다들 어디 있는 거야?'

한울은 자신의 위치를 알기 위해 나침반을 봤다. 하강했던 곳과 많이 떨어져 있었다. 다시 게이지를 봤다. 70bar였다. 당황했던 탓인지 공기 소모가 빨랐다.

한울은 수면 위에서 일행들을 찾아보기로 하고 BC 밸브를 살짝 눌렀다. 5m 정도 올라가서 3분 정도 안전 정지를 한 다음, 다시 5m 정도 올라가서 안전 정지하고 핀 킥을 찼다. 한울은 중성 부력을 유지하기 위해 BC 배기버튼을 눌렀다. 그런데 배기버튼을 잘못 누르고 말았다.

정지해야 할 몸이 순식간에 급상승하기 시작했다. 공기를 빼기 위해 BC 배기버튼을 눌렀지만 아무 소리도 나지 않았다. 오른손으로 배기버튼을 누르고 왼손으로 덤프 밸브 볼을 계속 잡아당겨도 몸은 멈추지 않았다.

급상승했을 때 감압병에 걸릴 위험이 있다는 것을 알기에 한울은 당황하기 시작했다. 갑자기 머리가 어지럽고 귀에서 삥 하고 고막이 터지는 듯한 소리가 났다. 손으로 귀를 만졌다. 괜찮았다. 마스크 앞에 뭔가 흘러내렸다. 코피였다.

몸이 수면 위로 올라오자 BC에 공기를 주입했다. 게이지를 봤더니 50bar였다. 한울은 호흡기를 빼고 숨을 크게 내쉬었다. 그러고는 마스크를 앞으로 내려서 코피를 헹궈냈다. 정신을 차리고 주위를 둘러봤다. 섬들이 깨알처럼 보였다. 일행들과 멀리 떨어져 있다는 것만은 확실했다.

'도대체 어떻게 된 일이지? 왜 이렇게 멀리 나와 있는 거야?'

한울은 어떻게 해야 할지 막막했다. 지금 자신이 있는 곳이 어딘지 알 수 없었다. 아빠와 일행들이 자신을 찾고 있을 것 같아 안심이 되긴 했지만 섬에서 멀리 나와 있다는 생각이 들자 덜컥 겁이 났다.

한울은 섬이 보이는 방향으로 움직이기 시작했다. 스노클링을 마스크에서 떼어 내고 없었기 때문에 뒤로 누워 핀을 찼다. 하지만 핀을 차는데도 몸은 앞으로 나가지 않고 서서히 뒤로 떠밀리는 느낌이었다. 한울은 몸을 뒤집어서 양손을 열심히 움직였다. 하지만 여전히 제자리였다. 파도가 치자 짠물이 입으로 들어왔다.

"켁켁켁."

목이 따가웠다. 이러다가 먼바다로 떠밀려 영영 돌아가지 못할 거 같아 겁이 났다.

시간이 얼마나 지났을까?

고기잡이 어선도 아무것도 없는 푸른 바다 한가운데 혼자 있었다. 무서운 생각이 들기 시작했다.

그사이 해가 수평선으로 다가가더니 붉은빛을 뿜어냈다. 수평선이 붉은 물감을 뿌려놓은 듯 새빨갛게 변했다.

'노을이 저렇게 아름다웠나?'

한울은 잠시 붉은 노을을 보며 파도에 몸을 실었다. 계속 팔과 다리를 움직이다가는 힘이 다 빠져버릴 것 같아 그대로 누웠다.

한울은 자책하기 시작했다. 욕심과 자만심 때문에 생긴 일이라고. 다이빙을 빨리 터득하고 있는 해수에게 자신의 실력을 보여주고, 잘난 척하고 싶은 마음이 화를 불러일으켰다고.

그때였다.

엔진 소리가 났다. 한울은 몸을 일으켰다. 어선이었다. 양팔을 치켜올렸다.

"여기예요! 여기! 여기!"

온 힘을 다해 외쳤다. 하지만 파도가 한울 목소리를 삼켜 버렸다. 어선은 한울을 보지 못하고 그대로 지나쳤다. 이러다가 정말 죽는 게 아닌가 하는 생각이 들자 온몸에서 힘이 쫙 빠졌다.

한울은 주위를 둘러봤다. 혹시 상어가 있지 않을까 하는 생각이 들었기 때문이다. 상어는 보이지 않고 파도가 한울 몸을 감추었다 드러냈다를 반복했다. 소시지라도 있었으면 눈에 금방 띌 건데 하는 생각이 머릿속에 머물렀다.

'엄마 말을 들었어야 했는데…….'

후회막급이었다. 하지만 이미 벌어진 일이다.

만약 여기서 살아난다면 장비를 잘 갖추고 다닐 것이다. 자만심도 버리겠다는 생각을 했다. 자만심은 화를 부른다고 했던 선생님 말을 뼈저리게 느끼고 있었다.

'여기서 살아 나갈 수 있게 된다면… 살게 된다면…….'

한울은 힘이 빠져버린 몸을 파도에 의지한 채 생각의 도가니 속으로 빠져들었다.

그때 또 엔진 소리가 희미하게 들렸다. 한울은 젖 먹던 힘을 다해 두 팔을 들어 흔들었다.

"여기, 여기예요!"

한울 목소리는 갓난아기 울음소리와 같았다. 어선은 가까이 다가오는 것 같더니 다시 멀어졌다.

한울은 풀이 죽었다.

'정말 이대로 죽는 건가?'

갑자기 동규 생각이 났다.

'똥규 녀석, 맛있는 음식을 실컷 먹게 해 준다고 했는데… 그

맛있는 음식도 이젠 못 먹게 됐네. 뭐야, 죽게 생겼는데 음식 타령을 하다니……'

한울은 피식 웃음이 나왔다.

그때 다시 엔진 소리가 들렸다.

'뱃소리… 또 멀어지겠지.'

힘이 빠진 한울은 소리치는 것을 포기하고 몸을 파도에 맡겼다.

그런데 엔진 소리가 점점 가까워지더니 멈추었다.

"한울! 이한울!"

아빠 목소리였다.

"진짜, 한울이야."

차돌 아저씨 목소리도 들렸다.

"해수는 한울이 여기 있다는 걸 어떻게 알았던 거야?"

"그냥, 이쪽이 끌렸을 뿐이에요."

"한울아, 괜찮아?"

아빠가 소리쳤다. 한울은 입 안이 바싹 메말라 있었다. 목소리도 목구멍에서 맴돌 뿐이었다. 그래서 고개를 끄덕였다.

배에서 사다리가 내려졌다.

"사다리 앞으로 가까이 올 수 있겠어? 조금만 움직여 봐."

한울은 온 힘을 다해 다가갔다. 아빠가 한울을 잡아당겼다.

"조금만, 조금만 더, 그렇지. 우선 BC를 벗자."

아빠가 한울의 BC를 벗겼다. 백상아리 아저씨는 BC와 공기통을 받았다. BC와 공기통이 몸에서 떨어져 나가자 날아갈 것 같았다. 몸이 가벼웠다. 한울은 아빠 팔에 의지하고 천천히 배 위로 올라갔다.

"해수야, 물 좀 갖다 줄래?"

"물, 여기 있어요."

남방돌고래 아저씨가 물을 아빠에게 건넸다. 아빠는 물을 수건에 적셔 한울 입술에 대고 한 방울씩 떨어뜨렸다. 물이 방울방울 떨어져 식도를 타고 들어가자 가뭄이 해갈되듯 갈증이 풀렸다.

한울은 아빠를 보며 중얼거렸다.

"아빠, 물… 물 좀 더 주세요."

"지금 마시면 안 돼. 우선 입 안을 헹궈 내야 해."

한울은 물을 머금고 입 안을 헹궜다. 몇 번을 헹궜더니 꺼끌꺼끌 했던 입 안이 부드러워졌다. 그런 다음 물을 벌컥벌컥 마셨다. 살 것 같았다.

한울은 주위를 둘러봤다. 일행들이 한울을 내려다보고 있었다. 한울은 어색한 웃음을 지어 보였다. 아빠가 한울에게 물었다.

"어떻게 된 거야?"

차돌 아저씨가 한울 가까이 다가앉으며 물었다.

"아니, 어떻게 여기까지 온 거야?"

"모, 모르겠어요. 조류에 떠밀려 왔나 봐요."

"이 녀석아, 얼마나 찾은 줄 알아? 아무리 찾아도 없어서 잘못된 줄 알았어. 이렇게 멀리 나왔을 거라고는 상상도 못 했다. 그런데 해수가 이쪽으로 가 보자고 해서 허탕 친다 생각하고 왔던 거야."

차돌 아저씨가 한울을 보며 말했다.

"한울, 넌 해수 때문에 산 거다."

한울은 해수를 봤다. 해수는 검붉은 빛의 석양을 바라보고 있었다.

"아이티, 이 원수 꼭 갚아 주마."

해수 옆얼굴에 잠시 웃음이 번졌다. 매력적인 눈웃음이. 검게 그을린 해수가 좋아지려고 했다.

'뭐야, 지금 뭔 생각을 하고 있는 거야. 정신 차려, 이한울!'

한울은 고개를 흔들었다. 그러고는 눈을 감았다.

서쪽 바다를 붉게 물들였던 해는 수평선 너머로 사라지고 없었다. 검은 구름이 뭉게뭉게 모여 있었다. 둥그런 달이 희미하게 보였다.

해수에게 욕지도 다이빙 투어는 새로운 세계를 알게 해 주었다.

해초들이 숲을 이루고 있는 곳, 크고 작은 물고기들이 자유롭게 다니고, 바위 구멍을 차지하고 있는 뿔소라와 성게, 보말, 바위에 붙어 있는 멍게, 말미잘 등 다양한 바다 생물들.

오묘한 색을 뿜어내고 있는 산호 세계는 해수에게 또 다른 바닷속을 상상하게 만들었다.

우주선을 띄워 행성을 찾는 우주 연구가들, 또 다른 세계를 찾아 떠나는 탐험가들, 심해를 연구하는 심해 탐험가들이 왜 다른 세계를 찾아 떠나는지 이해할 수 있었다.

해수는 몇 년 전 인터넷에서 본 '잃어버린 세계를 찾아서 2 - 신비의 섬'이라는 영화를 떠올렸다.

신비의 섬을 찾아다니던 할아버지에게서 2년 전부터 연락이 끊어지게 되고, 손은 할아버지를 찾아 신비의 섬으로 떠나게 된다. 태풍의 눈으로 들어가야만 섬으로 갈 수 있다고 하는데… 주인공이 탄 헬리콥터가 마침 태풍을 만나 폭풍우에 휩싸여 추락하게 된다. 그곳이 바로 신비의 섬이었다.

환상적인 생물들과 황금 산이 장관을 이루는 아름다운 섬,

하지만 그 아름다운 섬이 바닷속으로 가라앉고 있음을 알게 되고 주인공은 섬에서 탈출하기 위해 사투를 벌인다.

해수는 그 영화를 볼 때 그냥 재미있는 SF 영화로만 생각했다. 하지만 요즘, 신비의 섬이 바닷속으로 가라앉았다면, 바닷속 어딘가에 그 섬이 존재하고 있지 않을까 하는 상상을 하게 됐다.

바닷속 어딘가에 있을 신비의 섬을 찾는다면……. 해수는 거기까지 생각하고 멈추었다.

'가능한 일일까? 나와 같은 생각을 하는 사람이 있을까? 혹시 미쳤다고 하진 않을까?'

해수는 며칠 전, 인터넷에서 《심해》라는 책을 소개하는 글을 읽었다. 결국 그 책을 샀다. 책을 펼치자 지금까지 보지 못했던 심해 생물들이 나왔다. 심해에 살고 있는 생물들은 놀라울 정도로 다양했고 아름다웠다.

투명한 공처럼 생긴 왕눈이유리오징어, 붉은종이초롱헤파리, 검은주둥이꼼치 등 인간들이 범접할 수 없는 곳, 심해에서 그들만의 아름다운 모습을 하고 있을지도 모른다는 생각이 해수 마음을 빼앗았다. 만약 인간이 그들을 찾아간다면 그들의 세계를 파괴시키게 되는 것은 아닐까 하는 두려움도 생겼다. 하지만 해수는 이미 심해 생물에 매료당하고 말았다.

창밖을 내다보며 생각에 잠겨 있던 해수는 누군가의 시선을 느끼며 고개를 돌렸다. 삼삼오오 모여 장난치고 떠드는 반 아이들이 눈에 들어올 뿐 자신에게 관심을 두는 친구는 없었다. 한울은 동규와 이야기하며 웃고 있었다. 욕지도에서 이 강사님에게 혼나던 한울 모습은 찾아볼 수 없었다. 쉬는 시간이나 틈만 나면 붙어 있는 두 친구. 웃음기가 가득한 두 눈과 입을 크게 벌려 웃고 있는 한울의 모습에서 오염되지 않은 파란 바다를 떠올렸다.

해수는 온몸으로 웃고 있는 한울을 보며 생각에 잠겼다.

바다에서 한울을 발견했을 때 그는 지칠 대로 지친 몸을 파도에 내맡기고 있었다.

일행은 한울을 찾으면서도 그가 먼바다로 나갔을 거라고는 생각 못 했다. 바다로 뛰어들었던 지점에서 반경 500m 섬 주위를 계속 찾고 있었으니까. 하지만 그 어디에도 한울은 없었다.

이 강사는 시간이 지날수록 초조해했고, 불안해했다. 뭔가 보인다 싶어서 다가가 보면 어부들이 내려놓은 그물 부표였다.

붉은 해가 서쪽 하늘을 물들일 때 이 강사는 바다를 내려다보며 힘없이 말했다.

"우리가 다이빙했던 곳에서 바닷속을 찾아봐야겠어요. 혹

시 바위틈에 끼어 있을 수도 있고, 폐그물에 걸려 있을 수
도……."

이 강사 두 눈에 눈물이 맺혔다. 이 강사는 붉어진 눈을 감
추려는 듯 재빨리 고개를 돌리고는 뱃머리로 향했다. 배를 돌
리려는 것이다.

순간 해수 마음이 불안해지며 '쿵쾅'거리기 시작했다. 해수
는 흔들리는 심장을 잠재우고 싶은 마음에 먼바다로 눈을 돌
렸다. 그런데 작은 빛이 눈에 들어왔다. 빛은 파도에 가려 보였
다가 사라지곤 했다.

해수는 이 강사를 불렀다. 그러고는 빛이 보이는 곳을 가리
켰다.

"이 강사님, 저쪽으로 한번 가 보면 안 될까요? 반경을 좀 더
넓게 잡고 한 바퀴 돌아봐요. 혹시 모르잖아요."

백상아리 아저씨가 해수 말을 거들었다.

"이 강사, 해수 말대로 동선을 넓게 잡아서 찾아보세. 우리
가 동선을 너무 좁게 잡았을 수도 있어."

이 강사는 초점을 잃은 눈동자로 해수가 가리킨 먼바다를
바라봤다.

"그럴 일은 없겠지만… 마음도 답답한데 살펴보죠."

이 강사 목소리는 바람 빠진 풍선처럼 힘이 없었다.

배는 요란한 소리를 내며 먼바다로 나갔다. 일행들은 혹시 모를 한 가닥 희망을 갖고 눈을 번뜩이며 바다를 살폈다. 해수는 점 하나라도 놓치지 않으려고 바다에서 눈을 떼지 않았다. 금방이라도 한울이 '짜잔' 하고 나타날 것만 같았다. 하지만 없었다. 푸른 바닷물만 거품을 내며 파도를 일으키고 있었다.

이 강사가 눈물을 흘리며 중얼거렸다.

"배를 돌려야겠어."

이 강사를 바라보던 해수는 지푸라기라도 잡는 심정으로 바다를 뚫어지게 바라봤다. 분명 빛을 봤기 때문이다.

그때였다.

해수 눈에 빛이 들어왔다. 작은 빛은 파도가 치자 이내 사라졌다.

"이 강사님! 저기, 뭔가 있어요."

해수는 작은 빛이 보였던 곳을 가리켰다. 빛은 나타났다가 사라지고 다시 나타났다가 사라지기를 반복했다.

"이 강사, 뭔가 있긴 있는 거 같아. 저쪽으로 가 보세."

백상아리 아저씨 말에 이 강사는 보트 방향을 바꾸었다. 일행들 눈은 작은 빛을 놓치지 않기 위해 그곳에다 시선을 고정시켰다.

"저기, 한울 아냐?"

백상아리 아저씨가 소리쳤다.

"진짜, 한울이야."

차돌 아저씨가 외쳤다.

이 강사는 배의 속력을 높였다.

석양을 받아 빛나고 있는 수경을 목에 건 한울이 탈진한 상
태로 파도에 몸을 싣고 있었다. 한울을 찾은 일행은 환호성을
질렀다.

해수는 생각에서 깨어났다.

한울은 여전히 동규와 장난치며 깔깔 웃고 있었다.

'무엇이 나를 한울에게로 이끌었던 것일까?'

그때 한울이 고개를 돌렸다. 해수와 눈이 마주치자 고개를
돌려버렸다. 잠시 후 한울 목소리가 들렸다.

"죽음을 눈앞에 두고 있을 때 똥규 니가 생각났단 말이야.
미쳤지. 왜 네가 생각나냐?"

동규가 한울을 껴안으며 소리쳤다.

"오! 내 절친, 죽음 앞에서 날 생각했단 말이지. 역시 넌 둘
도 없는 내 친구다. 우리 영원히 헤어지지 말자."

"켁켁켁, 야! 미쳤냐? 왜 껴안고 난리야!"

한울은 동규를 밀쳐냈다.

해수는 한울과 동규를 바라보며 또다시 생각에 잠겼다.

'나도 친구들과 저렇게 놀던 때가 있었는데… 그게 언제였지?'

다이나.

해수는 아이티에서 마음을 터놓고 지냈던 다이나를 생각했다. 축구 선수가 꿈인 다이나는 시간이 날 때마다 맨발로 야자 열매를 찼다.

"야, 아이티, 뭘 그렇게 쳐다보냐?"

기창이가 책상 앞으로 다가오더니 해수 눈길을 좇았다.

"한울을 보고 있는 거냐?"

기창은 반 친구들이 다 들으라는 듯 소리쳤다.

"너, 한울 좋아하냐?"

"아, 아냐."

해수 얼굴이 빨개졌다. 기창이는 해수 머리를 헝클어뜨렸다.

"아이티, 얼굴 빨개졌어. 진짜 한울을 좋아하나 보네. 한울, 아이티가 너 좋아한단다."

기창이 말에 반 친구들이 고개를 돌렸다. '정말이야?'라고 묻는 얼굴로. 해수 얼굴이 불꽃처럼 달아올랐다.

"아, 아니라니까!"

해수는 소리를 질렀다.

"인마, 강한 부정은 긍정이라고 했어. 내 말이 맞잖아?"

기창이는 자기 말에 동조를 구하는 듯 친구들을 둘러봤다.

"우와, 기창이가 웬일이냐? 고급 언어를 다 쓰고."

동규 말에 교실은 웃음바다가 됐다. 기창이는 친구들이 웃는 모습에 어깨를 으쓱 올리고는 다시 해수를 봤다.

"네가 살던 곳에는 게이가 많다며?"

"뭐?"

"모른 척하기는… 게이 몰라? 남자들끼리 하는 거. 이렇게."

기창이가 엉덩이를 앞뒤로 흔들었다. 또다시 교실은 웃음바다가 됐다.

"야, 좀 제대로 알고 말해. 그곳은 방콕이다, 방콕. 태국에 있는 방콕."

한울 말에 기창이는 '뭐 어때?'라고 입술을 삐끔거렸다. 그러고는 친구들 모두 들으라는 듯 소리쳤다.

"야들아, 해수가 한울을 찜했단다. 찜! 히히히."

한울이 자리에서 벌떡 일어섰다.

"야, 고기창! 아니라고 하잖아. 그만 떠들고 네 할 일이나 하지."

기창이는 실실 웃으며 한울 앞으로 다가갔다.

"인마, 왜 발끈하고 그래? 뭐 켕기는 거라도 있냐?"

기창이는 한쪽 손을 주머니에 넣고 다리를 까닥까닥 흔들었다. 기창이와 친한 달호가 기창이 옆으로 다가오더니 팔을 잡아끌었다.

"기창아, 그만해."

"내가 뭘 했는데 그만하라는 거야?"

기창이는 숱 많은 눈썹을 치켜올리며 눈에 힘을 주었다.

"아, 아니… 그, 그냥."

달호는 머리를 긁적이며 자기 자리로 돌아갔다. 기창이는 다시 한울에게 고개를 돌렸다.

"한울, 아이티랑 같이 스쿠버 한다며? 혹시 니들 스쿠버 하면서 그 짓 하는 거 아니지? 아이티가 널 바라보는 눈이 심상치 않았거든."

기창이가 한울 앞으로 얼굴을 들이밀고 실실 웃었다.

"내가 봤는데 네가 아이티를 훔쳐보는 눈빛도 이상했어. 분명 니들 뭔가 있단 말이야. 너도 아이티 좋아하지?"

"너, 소설 쓰냐?"

한울 목소리는 침착했다. 기창이는 한울 앞으로 얼굴을 바싹 갖다 대고 속삭였다.

"니들 같이 샤워하면서 이러고 있진 않겠지?"

기창이가 또다시 엉덩이를 앞뒤로 흔들었다.

그때 한울 주먹이 기창이 얼굴로 날아갔다.

한울 주먹은 기창이 얼굴 정중앙을 맞추며 '퍽' 소리를 냈다. 순식간에 일어난 일이었다.

기창이는 괴로운 듯 코를 부여잡았다.

"야! 이 새끼가⋯ 아야, 아, 내 코. 아야. 에이시, 뭐야? 피 나잖아."

코를 잡은 기창이 손에서 피가 흘러내렸다. 달호가 달려오더니 휴지로 기창이 코를 감쌌다.

"시발, 아프단 말이야!"

기창이가 달호 손을 뿌리쳤다.

"너, 코가 부었어. 이상해. 야, 빨리 담탱이한테 알려!"

달호가 소리치자 영수가 교실을 빠져나갔다. 친구들이 기창이 주위로 모여들었다.

그때였다.

"이 녀석들은 조용할 날이 없어! 기창이 코가 어떻게 됐다는 거야?"

담임선생님의 화난 목소리가 들렸다. 선생님은 손에 쥐고 온 수건으로 부어오른 기창이 코를 감쌌다.

"아야야, 아파요."

"이 녀석아, 가만있어!"

"에이시, 아프다고요!"

기창이는 진짜 아픈지 소리를 질렀다. 선생님은 기창이 코를 살폈다.

"한울, 네가 이렇게 만든 거야?"

한울은 고개를 숙였다.

"너희들, 조용히 자습하고 있어."

담임선생님은 옆에 있는 달호를 보며 말을 이었다.

"달호, 넌 기창이 부축하고 보건실로 따라와."

달호는 기창이를 부축하고 선생님을 따라 교실 문을 나섰다. 기창이가 돌아서더니 한울을 째려봤다.

"한울, 너, 두고 봐."

"야, 안 아파? 빨리 가자."

달호가 기창이를 잡아끌었다.

한 시간 정도 지났을 때 선생님이 교실로 들어왔다. 그러고는 반 친구들을 보며 말했다.

"기창이는 코뼈가 부러져서 지금 응급수술 중이다."

친구들 눈이 한울에게로 향했다. 큰일났다는 듯이.

"너희들처럼 혈기왕성한 남학생이라면 친구들과 싸울 수 있다고 생각한다. 하지만 싸울 땐 싸우더라도 다치지 않게 싸워야지! 이 녀석들아, 싸움의 기술도 몰라!"

정적이 교실 안을 메웠다.

"한울, 어쩌다가 기창이 코뼈를 부러뜨린 거야?"

"기창이가 먼저 놀렸습니다."

동규 목소리였다.

"동규, 네가 한울이야? 한울한테 물었잖아. 한울, 네가 말해 봐. 어쩌다가 기창이 코뼈를 부러뜨리게 됐어!"

"……."

한울은 고개를 숙인 채 아무 말도 하지 않았다.

"이한울, 선생님 말 안 들려?"

"……."

"이한울, 선생님 화나게 만들래?"

선생님 목소리가 커졌다. 친구들이 웅성거리기 시작했다. 한울은 입술을 꽉 다물고 있었다.

"……."

"좋다. 이한울, 나중에 보자."

선생님은 회초리로 칠판을 탕! 탕! 쳤다.

"친구를 놀리는 녀석도 문제지만, 그렇다고 코뼈를 부러뜨리는 건 더 큰 문제다."

귓불까지 빨개진 해수는 고개를 푹 숙인 채 가만히 있었다. 선생님은 교실을 둘러보며 말을 계속 이어 갔다.

"확실하지 않은 것을 가지고 놀리는 녀석이나, 그런다고 주먹을 날리는 녀석이나 다 똑같다 똑같아! 앞으로 우리 반 교실에서 한 번 더 오늘 같은 사태가 벌어지면 그땐 선생님이 가만있지 않을 거다. 알겠나?"

"네!"

친구들의 목소리는 컸다. 교실을 둘러보던 선생님 눈이 한울 앞에서 멈추었다.

"오늘 자율학습은 여기서 마치도록 한다. 한울, 따라와."

"네."

교실은 아무 일도 없었다는 듯 가방을 챙기는 소리로 떠들썩했다. 한울은 선생님을 따라나섰다.

상담실 의자에 앉아 있는 엄마를 본 한울의 두 눈이 커졌다.

"내가 오시라고 했다."

"선생님, 어떻게 된 일인가요?"

"전화로 말씀드린 대로 한울이 기창이 코뼈를 부러뜨렸습니다. 기창이는 지금 응급수술을 받고 있는 상태입니다. 재수가 나쁜 건지, 일이 터지려고 그런 건지……."

엄마가 한울에게로 눈을 돌렸다.

"도대체 어떻게 된 거야?"

"죄송해요."

"어떻게 된 일이냐니까?"

"……."

"기창이 코뼈를 왜 부러뜨렸는지 말을 안 합니다. 친구들 말로는 기창이가 먼저 놀렸다는데……."

"아무리 화가 나도 그렇지 친구 코뼈를 부러뜨리면 어떻게해? 왜 안 하던 짓을 하는 거야?"

엄마는 한울에게서 눈을 떼지 않은 채 물었다.

"도대체 뭐라고 놀렸다는 거야?"

"……."

한울은 고개를 푹 숙인 채 가만히 있었다.

"기창이 코뼈가 부러졌다는 게 문제입니다. 자잘못을 따지기 전에 학교폭력 사건이 될 수도 있어서 어머님을 오시라고했습니다. 기창이 부모님이 신고라도 하게 되면 일이 커집니다. 그러니까 우선 기창이 어머님을 만나 뵙고 사과를 하는 게 좋겠습니다."

"기창이 어머님은……."

"지금 병원에 계십니다. 문제가 커지기 전에 한울과 함께 병원에 가셔서 사과부터 하시지요."

"알겠습니다. 어느 병원인가요?"

"인 병원입니다."

"선생님, 심려를 끼쳐 드려서 정말 죄송합니다."

한울은 엄마와 상담실을 나왔다. 상담실 밖에서 기다리고 있던 해수가 한울 엄마에게 인사했다.

"안녕하세요."

"해수야, 넌 왜 여기 있어?"

해수는 한울을 흘끔 쳐다봤다.

"한울이 걱정돼서요."

"걱정할 거 없어. 잘못을 했으면 혼나야지. 우선 기창이가 수술하고 있다는 병원부터 가 봐야겠다."

"저도 가면 안 될까요? 저 때문에 일어난 일이라서……."

"이 녀석이 안 하던 짓을 해서 문제지. 음… 그러면 부모님께 연락을 먼저 해라. 걱정하실지 모르니까."

"연락드렸어요."

한울 엄마 차를 타고 인 병원으로 간 해수는 도착하자마자 수술실을 찾았다. 기창이 엄마는 수술실 앞에 있었다.

"기창이 어머님이시죠? 저는 이한울 엄마입니다. 정말 죄송하게 됐습니다."

한울 엄마가 고개를 숙여 사과했다. 하지만 기창이 엄마는 고개를 옆으로 돌려 버렸다. 한울 엄마는 한울에게 눈짓했다.

"죄송합니다."

한울을 쳐다보는 기창이 엄마 눈빛은 얼음처럼 차가웠다.

"죄송하다고 하면 다니? 우리 귀한 아들 코뼈를 부러뜨려 놓고 죄송하다고 하면 다냐고?"

기창이 엄마가 소리쳤다. 그러자 한울 엄마가 다시 허리를 굽혔다.

"정말 죄송합니다. 제가 아들을 잘못 키웠습니다. 뭐라고 사과를 드려야 할지……."

"그만 돌아가시죠. 할 이야기 없습니다."

기창이 엄마 목소리는 차갑고도 매서웠다.

그때 수술실 문이 열리며 초록색 마스크를 턱에 걸친 의사가 나왔다. 기창이 엄마가 벌떡 일어나 의사 앞으로 다가서며 물었다.

"우리 기창이 어떻게 됐나요? 수술은 잘 됐나요?"

"수술 잘 끝냈습니다. 앞으로 치료만 잘하면 됩니다. 어머님은 입원 수속을 먼저 하고 오시지요."

"네. 감사합니다. 정말 감사합니다."

기창이 엄마는 돌아서더니 복도를 걸어 나갔다.

"선생님, 잘 부탁합니다."

한울 엄마가 고개를 숙였다.

"너무 걱정하지 마십시오. 혈기왕성한 나이라 그만큼 회복도 빠르니까요."

의사 선생님은 다시 수술실 안으로 들어갔다. 한울 엄마는 한울과 해수를 바라봤다.

"우리도 가자. 여기 더 있어 봐야 좋은 소리 못 들을 거 같구나. 기창이 어머니 화가 좀 가라앉은 다음에 와야겠다."

한울 엄마는 발걸음을 돌렸다.

엘리베이터에서 내려 로비를 걸어갈 때였다.

"해수야!"

해수는 걸음을 멈추었다. 하얀 가운을 입은 아빠였다. 아빠는 인 병원 내과과장이었다.

"해수야, 여기 어쩐 일이냐? 여기까지 와서 아빠도 안 보고 그냥 가려고 했어?"

한울 엄마가 해수 아빠에게 인사를 했다.

"안녕하세요. 해수 아버님이세요? 저는 한울이 엄마입니다. 해수, 스쿠버를 가르치는 남 강사이기도 하고요."

"아, 네. 우리 해수 잘 부탁드립니다. 네가 한울이구나."

"안녕하세요."

한울과 해수 아빠는 눈이 마주쳤다. 해수 아빠 눈동자가 커졌다. 눈빛이 흔들렸다.

"이, 이럴 수가."

해수 아빠가 중얼거렸다.

한울과 한울 엄마 눈이 해수 아빠 얼굴에 멈추었다.

"아빠, 왜 그래요?"

"아, 아니다. 내가 잠시… 그런데 여긴 어쩐 일로 온 거냐?"

아빠는 해수를 보며 묻고 있었지만 눈길은 자꾸 한울에게로 옮겨갔다. 해수가 머뭇거리자 한울 엄마가 말했다.

"학교에서 사고가 있었는데 해수는 한울이 걱정돼서 따라온 거예요. 걱정하지 않으셔도 됩니다."

아빠는 고개를 끄덕였다. 하지만 이내 한울에게로 눈길을 돌렸다. 한울 엄마가 어색한 분위기를 바꾸려는 듯 말을 했다.

"해수는 우리가 가는 길에 집 앞에 내려주겠습니다."

"그럼, 부탁드리겠습니다."

한울 엄마는 앞서서 입구로 걸어갔다. 해수와 한울은 그 뒤를 따랐다. 해수 아빠는 세 사람이 병원 문을 빠져나간 뒤에도 한참 동안 그 자리에 서 있었다. 한울 얼굴이 자신의 친구와 너무 닮아 있었다. 아니, 복사한 듯 똑같았다.

해수는 집에 오자마자 교복을 입은 채 침대 위로 털썩 누웠다. 피곤이 밀려왔다. 아무 생각 없이 잠들고 싶었다.

그날 밤, 해수는 꿈을 꾸었다.

깊은 바닷속이었다.

부유물이 잔뜩 낀 바닷속에서 이리저리 헤매던 해수 앞에 커다란 물체가 나타났다.

이상하게 생긴 난파선이었다.

난파선에는 부유물이 잔뜩 끼어 있었다.

물고기들은 해초 사이를 자유롭게 드나들었다. 여유롭게 난파선 주위를 돌던 해수는 육각형 모양의 구멍을 발견했다. 구멍 안에는 부유물과 해초들이 잔뜩 있어서 잘 보이지 않았지만 뭔가 알 수 없는 것이 해수를 끌어당겼다.

'분명 뭔가 있을 것 같은데…….'

난파선 안으로 들어가고 싶은 마음이 간절했다. 하지만 어떤 위험이 도사리고 있을지 모른다는 생각이 들었다.

구멍 안을 들여다보던 해수는 난파선 안으로 들어가기로 했다. 그러지 않으면 후회할 것만 같았다.

해초를 조심스럽게 걷어냈다. 해수는 난파선 여기저기에 흩어져 있는 밧줄을 피해서 움직였다. 조심한다고 했지만 부유물이 흐트러지며 시야를 뿌옇게 만들었다. 난파선 안에 있던 작은 물고기들도 침입자의 위협을 느꼈는지 사방으로 흩어졌다.

자석에 이끌리듯 앞으로 나가던 해수 앞에 작은 문이 나타났다. 해수는 나무 손잡이를 잡고 돌렸다. 하지만 안에서 누가 문을 꽉 잡고 있는지 꼼짝하지 않았다. 해수는 손잡이를 몇 번 돌리다가 아쉬움을 뒤로하고 돌아섰다.

열리지 않는 문을 열려고 몸을 움직여서 그런지 오랫동안 쌓여 있던 부유물이 뿌옇게 올라왔다. 앞이 보이지 않았다. 해수는 직감에 의지한 채 부유물과 해초를 뚫고 앞으로 나갔다. 자신이 들어갔던 육각형 구멍 앞에 다다랐을 때 해수는 안도의 숨을 내쉬었다.

난파선 밖으로 나가려던 해수는 멈추었다. 영화나 책에서만 보던 커다란 상어가 두 눈을 번뜩이며 해수 앞에 턱 하니 버티고 있었다. 뾰족한 얼굴, 가는 눈, 날카로운 이빨이 그대로 드러났다. 상어는 한 마리가 아니었다. 여러 마리였다. 상어들은 난파선을 둘러싸고 있었다.

해수는 게이지를 확인했다. 70bar였다. 50bar에는 무조건 상승해야 한다는 생각이 해수를 불안하게 만들었다. 해수는 머리를 굴렸다. 밖으로 나갔다가는 상어에게 물려 죽을 것이다. 우선 게이지 눈금이 50bar가 될 때까지 공기를 최대한 아끼며 기다려 보기로 했다.

상어는 난파선 주위를 맴돌 뿐 다른 곳으로 갈 생각이 없는 것 같았다.

해수 마음은 숯덩이처럼 타들어 갔다.

'상어 속셈이 뭐지? 날 잡아먹기라도 하겠다는 거야.'

게이지를 봤다. 50bar였다. 해수는 난파선 안에 가만히 있으면서 죽음을 기다릴 수는 없었다. 상어가 난파선 주위를 맴도는 이유가 해수를 잡아먹기 위해서인지, 아니면 그냥 돌고 있는 건지 알 수 없었지만 모험을 해보기로 했다. 상어가 난파선 옆으로 비켜났을 때 빠져나가기로 하고 기회를 노렸다.

상어가 몸을 돌리자 해수는 재빨리 난파선에서 빠져나와 힘차게 핀을 찼다. 해수를 발견한 상어가 따라붙었다. 해수는 힘을 다해 핀을 움직였다. 하지만 상어가 더 빨랐다. 상어가 막 입을 벌리는 순간 해수 왼쪽 손목을 잡아당기는 손이 있었다. 강한 손이었다. 흐릿해서 얼굴을 자세히 볼 수 없었지만 아는 얼굴이었다.

해수는 눈을 떴다.

온몸이 땀으로 흠뻑 젖어 있었다.

꿈이 생생했다.

해수는 왼쪽 손목을 만졌다. 꿈속에서 느꼈던 강한 힘이 여전히 남아 있었다.

'누구였을까?'

분명 본 듯한 얼굴이었는데 기억나지 않았다. 검은 그림자처럼 형태만 그려질 뿐이었다.

관심

한울 4

● kc형, 오랜만이에요. 나, 물귀신 될 뻔했어요.

○ 왜?

● 저번 달에 욕지도로 투어 간다고 했잖아요. 그날 보트다이빙 갔
을 때 시야가 엄청 좋았거든요. 산호에 정신 팔려 있다가 조류가
갑자기 바뀐 걸 놓쳤지 뭐예요.

○ 그래서? 어떻게 됐어?

● 엉뚱한 방향으로 떠밀려 간 거죠. 바다 한복판에 둥둥 떠 있는데
고깃배들이 나를 그냥 지나치는데 죽겠더라고요. 결국 포기하고

있었는데 아빠가 온 거예요. 진짜 신기하죠?

○ 뭐가?

● 살려고 발버둥 칠 때는 나를 발견하는 사람이 없더니 포기하고 내려놓는 순간 찾아오잖아요 .

○ 녀석, 큰 경험 했네. 바닷속에서 한눈팔다가는 큰일난다. 명심해라.

● 당연하죠. 아빠한테 엄청 혼났어요. 다시 한 번 더 그랬다간 스쿠 버를 못 할 줄 알라고 엄포를 놓더라고요. kc형, 내가 그 녀석 때 문에 살게 된 거래요.

○ 누구?

● 아이티요. 아이티가 직감으로 내가 있는 곳을 알아냈다는 거예요.

○ 아이티 녀석, 제법인데. 한울, 다이빙할 땐 조류 방향이 언제, 어 떻게 바뀔지 모르니까 항상 조심해.

● 이야기로만 들었지. 내가 조류에 떠밀려 갈 줄 어떻게 알았겠어요.

○ 바닷속 아름다움에 홀려 혼을 빼놓으면 안 돼.

● 네. 혼을 빼놓다가 물귀신 된다는 말 실감했어요.

○ 항상 명심해. 한울, 오늘은 여기서 끝내야겠다. 발리카삭 바닷속 에 산호가 얼마나 자랐는지 살펴보고 와야겠다.

● 네, 산호가 빨리 자라길 빌게요.

○ 그래. 바닷속에서는 항상 조심해라.

● 네. 형도 조심하세요.

○ 그래.

한울은 지난밤 kc형과 나눈 대화를 생각하고 있었다.

'산호가 예전 모습을 찾을 수 있어야 하는데……'

"야, 한울, 너 아이티랑 닮은 거 알고 있냐?"

옆자리에 앉은 준우가 신기한 것을 발견한 듯 한울을 봤다. 한울은 해수를 바라보며 턱짓을 했다.

"인마, 내가 왜 아이티랑 닮았냐? 닮은 구석 하나도 없거든. 특히, 빼빼 마르지도 않았고, 피부도 저 녀석처럼 까무잡잡하지 않잖아."

준우는 가방을 뒤지더니 사진을 꺼냈다. 5월 수련회 갔을 때 찍은 단체 사진이었다.

"내가 유심히 살펴봤는데 니들 둘, 옆모습이 닮았어. 특히 웃는 옆모습 말이야."

준우가 한울 앞으로 사진을 내밀었다.

"여기 봐 봐. 니들 웃는 얼굴, 완전 닮았다니까."

"말이 되는 소릴 해라. 하나도 안 닮았네. 너, 할 일이 그렇게 없냐? 할 일 없으면 네가 좋아하는 공부를 하든가."

"왼손잡이인 것도 같은데……"

"우리 반에 왼손잡이 많거든!"

준우는 할 말을 잃은 듯 문제지를 뒤적이며 중얼거렸다.

"기창이 부모님이 경찰서에 신고했다던데… 한울, 널 학교폭력 가해자로 신고했다더라."

"뭐? 야, 지금 뭐라고 했어?"

"기창이 부모님이 널 교육청이랑 경찰서에 신고했대. 그래서 학교에서 학부모위원회를 소집했다고 했어."

"그 소리 누구한테 들은 거야?"

한울 목소리는 떨리고 있었다. 혹시나 했던 일이 벌어진 것이다.

"엄마가 그랬어. 우리 엄마가 학교폭력대책자치위원이잖아. 학교에서 아침 일찍 연락 왔대. 그러면서 학교에 뭔 일 있냐고 물었어."

한울은 엄마가 했던 말을 떠올렸다. 기창이 부모님과 합의했다고 걱정하지 말라고 했다. 그런데 신고라니, 한울은 준우에게 한 번 더 물었다.

"너희 엄마 말 확실한 거야? 정확하게 들은 거야?"

"확실하다니까. 우리 엄마가 아침에 그랬어. 학교가 시끄럽게 생겼다고."

한울은 준우를 뚫어지게 보았다. 준우가 거짓말을 하는 것 같지는 않았다.

"너희 부모님도 오늘 학교에 온다던데……."

준우가 슬쩍 해수를 훔쳐보고 나서 말을 이었다.

"친구를 도와주다가 일어난 일인데 네가 처벌받게 생겼어. 너 같은 경우를 두고 재수 더럽게 없다고 하는 거야. 한 대 친 것뿐인데 코뼈가 부러졌으니… 근데 기창이 녀석 쩔쩔매는 거 보니까 시원하긴 하더라. 녀석이 설치고 다니는 거 밥맛이었거든."

평소 말이 없고 소심하던 준우가 말이 많았다. 한울은 준우를 물끄러미 바라봤다. 한울의 눈길을 의식했는지 말을 멈추었다.

그때 반장이 한울을 불렀다.

"이한울, 선생님이 교무실로 오래."

한울은 교무실로 향했다. 불안한 마음을 감추려고 했지만 감춰지지 않았다. 한울이 교무실 문을 열려고 할 때 뒤에서 해수가 불렀다.

"한울, 나도 같이 들어갈게."

해수와 동규가 뒤따라온 것이다.

"됐어. 내가 저지른 일인데 내가 책임져야지. 너, 잘못한 거 없어."

"기창이가 놀리지만 않았어도 그런 일은 없었잖아. 기창이 부모님이 학교폭력으로 경찰에 신고했다는 얘길 들었어. 내가 이야기하면 도움이 될 수도 있잖아."

"야, 이게 말이 되냐? 누가 먼저 잘못한 건데? 기창이 부모님 완전 웃긴다. 안 그래?"

동규는 흥분한 듯 얼굴이 벌겋게 달아올라 있었다.

"야, 됐다 됐어. 별일이야 있겠냐?"

한울은 동규 어깨를 툭 치며 교무실 문을 열고 들어갔다. 담임선생님이 한울을 올려다보며 심각한 표정을 지었다.

"이한울, 지금 학교에 비상이 걸렸다. 교육청에서 학교폭력 사건 신고 때문에 감사 나온다고 해서… 아침부터 학교폭력대책자치위원들이 회의하고 있는데… 선생님이 사건 내막을 설명했다만, 네 이야기를 직접 들어 보고 싶다고 해서 불렀다. 네가 위원들에게 설명해 줘야 할 거 같다."

한울은 고개를 끄덕였다.

"위원들에게 사고 경위에 대해 잘 설명하도록 해라. 필요하면 반 친구들도 부를 생각이다."

한울은 쿵쾅거리는 심장을 진정시키려고 했지만 떨리는 것은 어쩔 수 없었다.

"이제 회의실로 가자."

'쫄지 말자. 괜찮을 거야. 그러니까 쫄지 말자.'

회의실에는 학교폭력대책자치위원들과 기창이 엄마, 그리고 엄마가 앉아 있었다.

엄마를 보자 한울의 심장이 또다시 쿵쾅거리기 시작했다. 심장이 밖으로 튀어나올 것만 같아 손으로 가슴을 감쌌다.

담임선생님이 한울의 귀에 대고 말했다.

"이한울, 사과부터 해라."

한울은 심호흡을 크게 했다.

"죄송합니다."

한울이 고개를 숙였다. 잠시 후 선생님 목소리가 들렸다.

"이한울 학생입니다. 그날 일어났던 사건 경위를 직접 들어 보도록 하겠습니다."

한울은 기억을 더듬으며 천천히 말을 이어 갔다. 등에서는 식은땀이 흘러내렸다. 자신이 무슨 말을 하는지, 말을 제대로 하고 있는지 종잡을 수 없었다.

한울이 말을 끝냈을 때 선생님이 등을 토닥여 주었다.

"잘했어."

"이한울 학생의 말은 제가 반 아이들을 불러서 들은 이야기와 같습니다. 기창이 코뼈를 부러뜨린 것은 잘못한 일입니다만 기창이도 잘못했다는 겁니다."

기창이 엄마가 자리에서 벌떡 일어서더니 담임선생님 말을 잘랐다.

"선생님, 우리 기창이 코뼈가 부러졌는데 기창이가 잘못했다는 거예요?"

"아, 아니, 그게 아닙니다. 기창이도 잘못이 있다는……."

"선생님, 코뼈를 부러뜨린 학생을 두둔하시는 건가요? 이건 폭행 사건이라고요. 학교에서 폭행 사건이 일어나면 선생님도 책임을 져야 한다고 들었어요. 기창이가 잘못했다고 쳐요. 그렇다고 폭행이 정당화될 순 없어요. 선생님이 그렇게 나오시면 전 합의할 수 없습니다!"

기창이 엄마는 회의실 문을 '쾅' 닫고 나가 버렸다.

"기창이 어머님! 기창이 어머님! 이야기를 더 들어 보십시오."

담임선생님이 기창이 엄마를 뒤쫓아 뛰어나갔다. 한울은 엄마를 바라봤다. 엄마는 고개를 푹 숙이고 있었다.

그날 회의는 그렇게 끝나 버렸다.

한울은 일이 크게 번질 줄 몰랐다.

그 후 몇 번에 걸쳐 학교폭력자치위원회가 열렸고, 교육청에서도 사건 진위를 파악하기 위해 별도의 감사가 진행됐다. 한울은 엄마, 아빠와 함께 경찰서 청소년계로 가서 조사를 받아야 했다.

엄마는 매일 기창이가 입원한 병실을 찾아갔다.

학교에서도 기창이 코뼈가 부러진 사건은 큰 이슈가 되어 떠들썩했다. 엄마는 기창이 부모님과 합의를 끌어냈다. 기창이 병원비를 모두 냈고, 기창이 부모님이 요구한 합의금도 주었다. 교육청에서는 학교폭력자치위원회에서 내리는 결정에 맡기기로 했다. 학교폭력자치위원회에서는 어떤 이유로든 학교 내에서 일어난 폭력은 잘못된 것이라고 했다.

한울에게 40시간 봉사를 하라는 벌을 내렸다.

"한울, 마음고생 심했지? 고생했다. 봉사하는 것도 좋은 경험이 될 거다. 그러니까 열심히 하도록 해."

담임선생님이 한울 어깨를 감싸 주었다.

이번 사건으로 무섭기로 유명한 담임선생님의 새로운 모습을 본 한울은 고개를 숙여 인사했다. 진심에서 우러나온 인사였다.

"선생님, 고맙습니다."

한울은 주말마다 독거노인 집에 음식 배달 봉사를 시작했다. 봉사를 갈 때마다 해수와 동규도 따라붙었다.

"친구 좋다는 게 뭐냐? 이럴 때 도와야지."

"됐어. 혼자 해도 돼."

"야, 내 절친이 하는 일인데 당연히 도와야 하는 거 아냐?"

동규는 한울을 돕는다는 핑계로 집에서 빠져나올 수 있다고 좋아했다.

"아이티, 넌 왜 따라붙냐?"

"당연히 따라붙어야지. 나 때문에 일어난 일인데."

해수도 자신 때문에 일어난 일이라고 음식 배달을 도왔다.

한울은 두 달 동안 봉사를 하면서 느낀 것이 많았다. 처음에는 의무적으로 음식을 배달했다. 하지만 한울을 반갑게 맞아 주는 할머니, 할아버지들을 볼 때마다 기분이 좋았다. 혼자 지내는 할머니, 할아버지들과 틈틈이 이야기를 나누다 보니 어느새 정도 들었다. 그래서 봉사시간을 채우고 나서도 첫째 주말은 계속 도시락 배달 봉사를 하기로 했다.

여름 방학을 일주일 남겨둔 날, 기창이는 아무 일 없었다는 듯 학교에 나왔다. 하지만 기창이는 예전처럼 까불고 다니지 못했다. 친구들이 은근슬쩍 기창이를 멀리했기 때문이다.

뜨거운 햇볕이 내리쬐는 일요일이었다.

한울 아빠는 여느 때와 마찬가지로 스쿠버 샵에서 장비를 점검하고 있었다.

해수 아빠가 스쿠버 샵 문을 열었다.

"안녕하십니까?"

"아, 해수 아버님, 어쩐 일이십니까?"

해수 아빠는 샵에 있는 스쿠버 장비들을 둘러봤다.

"요즘처럼 더운 날에는 바닷속으로 풍덩 빠져들고 싶어지네요."

"그렇지요. 해수 아버님도 스쿠버를 한번 배워보시지요?"

"아, 아닙니다. 저는 바다라면……."

해수 아빠가 손사래를 쳤다.

"우리 해수는 요즘 바다 생물 책에 심취해 있습니다. 특히 심해 생물에 관심을 갖고 있더군요."

한울 아빠는 해수 아빠에게 시원한 냉커피를 내밀었다.

"시원하게 냉커피나 한잔 드시면서 얘기하시죠."

"잘 마시겠습니다."

"그런데 어쩐 일로 우리 샵에… 혹시 해수에게 뭔 일 있습니까?"

해수 아빠는 선뜻 말문을 열지 못하고 있었다. 한울 아빠의 눈을 피하듯 창밖으로 눈길을 돌렸다. 잠시 침묵이 흘렀다.

"다름이 아니라 궁금한 것이 있어서 찾아왔습니다."

"네, 무슨 일이신지요?"

한울 아빠가 물었다.

"한울 문제로요."

"한울이요?"

한울 아빠 눈이 커졌다.

"한울을 처음 봤을 때 제 친구 기철이가 살아 돌아온 줄 알고 깜짝 놀랐습니다."

"네? 네에. 닮은 사람이야 많지요."

한울 아빠는 얼음이 든 커피를 꿀꺽 삼켰다.

"그동안 죽은 친구를 잊고 있었는데, 한울과 마주치고 난 후부터 머릿속에서 친구 얼굴이 떠나지 않는 겁니다."

해수 아빠는 기억 속에 꼭꼭 닫아 놓았던 이야기를 꺼내기 시작했다.

"기철이와 저는 형제처럼 지냈습니다. 그 친구 꿈은 심해를 탐사하는 거였지요."

한울 아빠는 아무 말 없이 고개를 끄덕였다.

"그 친구가 태평양심해연구소의 심해 탐사대원으로 떠날 때 기철이 아내는 임신 중이었지요. 6개월 후에 귀국하기로 되어 있었는데 심해 탐사 일이 늦어지면서 귀국도 늦어졌습니다."

해수 아빠는 잠시 말을 멈추었다. 그러고는 얼음이 녹아 버린 커피를 한 모금 마셨다.

"기철이 그 친구, 아내 출산 소식을 듣고 얼마나 기뻐했는지 모릅니다. 아내와 아기를 보러 귀국한다고 했지요. 그런데……"

해수 아빠는 잠시 말을 멈추고 밖을 내다봤다. 한울 아빠는 해수 아빠를 바라봤다.

"기철이 가족이 사고를 당한 것을 나중에 알게 됐습니다."

그때 스쿠버 샵 문이 열리며 백상아리 아저씨가 들어왔다.

"정말 후덥지근하군. 어, 손님이 있었네."

한울 아빠가 해수 아빠를 소개했다.

"해수 아버님입니다. 이쪽은 해수가 잘 따르는 보조 강사이신 백상아리님입니다."

해수 아빠와 백상아리 아저씨는 서로 인사를 했다. 백상아리 아저씨는 자판기에서 냉커피를 뽑아 한 모금 마시고 나서 해수 아빠를 봤다.

"해수, 스쿠버 배우는 속도가 엄청 빠른 거 아시죠? 예전부터 바닷속을 속속들이 알고 있었던 거 같다니까요. 해수는 바다를 위해 태어난 녀석 같습니다."

해수 아빠는 고개를 끄덕였다. 백상아리 아저씨가 장비를 점검해 봐야겠다고 하면서 창고로 들어갔다.

"하던 말씀 계속하시죠?"

한울 아빠가 해수 아빠를 보며 말했다.

"네… 기철이가 귀국해서 산후 우울증에 걸린 아내를 데리고 병원으로 가다가 교통사고를 당한 소식을 뒤늦게 알게 됐습니다. 제가 귀국했을 때는 이미 기철이와 아내는 죽고 아기는 보육원에 맡겨졌더군요."

해수 아빠는 말을 이어 갔다.

"그 당시 우리 부부는 아이티에서 콜레라로 아이를 잃은 지 얼마 되지 않았을 때였습니다. 아내와 저는 운명일지도 모른다는 생각으로 기철이 아기를 입양하게 됐습니다."

한울 아빠는 해수 아빠를 바라봤다. 백상아리 아저씨가 창고에서 나오다가 걸음을 멈추었다.

"한울을 보는 순간 놀라지 않을 수 없었습니다. 기철이와 너무 닮았거든요. 그래서 혹시나 하는 마음에 찾아뵌 것입니다."

해수 아빠는 말을 끝내고 목이 마른 듯 빈 커피잔을 들었다. 한울 아빠가 빈 잔에 물을 따라 주자 해수 아빠는 물을 삼켰다.

꿀꺽꿀꺽.

물 넘어가는 소리가 샵의 정적을 깼다. 두 사람은 서로를 바라볼 뿐 아무 말이 없었다. 그때 한울 엄마가 들어왔다.

"오늘따라 날씨가 장난 아니네요. 어머, 해수 아버님, 여기까지 어쩐 일이세요?"

"그동안 마음고생 많으셨지요?"

"네. 한 번도 말썽 부린 적이 없는데… 크게 한방 터졌지 뭐예요. 안 그래도 액땜했다고 생각하고 있어요."

한울 엄마가 씁쓸한 웃음을 지었다. 한울 엄마는 어색한 분위기를 감지한 듯 두 사람의 눈치를 살폈다.

"갑자기 내가 들어오니까 썰렁해진 거 같은데요."

해수 아빠는 손을 저었다.

"아, 아닙니다. 이야기가 끝나서……."

해수 아빠는 한울 아빠를 바라보며 말을 이었다.

"예전에는 병원에서 아기가 바뀌는 일이 가끔 있었습니다. 그래서 혹시나 하는 마음으로……."

"서, 설마… 그럴 일은 없었을 겁니다."

한울 아빠 목소리는 단호했다.

"뭔 말이에요? 애가 바뀌다니요?"

한울 아빠는 흔들리는 눈빛을 애써 감추며 한울 엄마를 바라봤다.

"아, 아냐. 아무 일도 아냐."

"죄송합니다. 요즘 자꾸 옛날 친구가 생각이 나서요. 그냥 과거 이야길 좀 했습니다. 오늘은 이만 가 보겠습니다."

해수 아빠가 인사를 하고 일어섰다.

"벌써 가시려고요? 한울이 봉사하는데 해수가 많이 도와주었다고 들었어요. 녀석들이 잘 지내는 것을 보니 보기 좋더라고요. 두 녀석들이 주말마다 봉사한다고 스쿠버 투어도 못 갔네요."

"친구끼리 서로 도와야죠. 제가 쓸데없는 말을 너무 많이 했습니다. 저는 이만……."

"네, 자주 놀러오세요."

해수 아빠가 가게 문을 나섰다. 한울 아빠는 해수 아빠 차가 빠져나가는 것을 가만히 지켜보았다.

"당신 뭔 생각을 그렇게 해?"

"아, 아냐."

"해수 아버님이 뭐라고 했는데?"

"그, 그냥. 해수가 스쿠버를 잘하는지 궁금했나 봐."

"두 분이 너무 진지하게 이야기하는 거 같아서 나오질 못하겠더군."

백상아리 아저씨가 창고에서 나오며 말했다.

"어머, 백 강사님 언제 오셨어요?"

"좀 전에. 저번 투어 때 BC가 이상해서 점검해 보려고 왔는데… 별 이상은 없는 거 같네."

백상아리 아저씨는 소파에 앉더니 스쿠버 잡지를 펼쳤다. 한울 엄마는 한울 아빠를 보며 물었다.

"해수 아빠는 뭔 일로 오신 거예요?"

한울 아빠는 창가로 눈을 돌렸다.

"그냥 지나가다가 들른 거야."

해수 아빠 차가 지나간 아스팔트에는 열기가 스멀스멀 올라 오고 있었다.

한울은 할머니와 할아버지에게 도시락 배달을 끝내고 두 친 구와 헤어져 곧장 집으로 왔다. 집에 오자마자 침대에 털썩 누 웠다. 무더운 날씨 때문인지 온몸이 천근만근 늘어졌다. 하지 만 해수 얼굴을 떠올린 한울 얼굴에 웃음이 번졌다.

한울은 고개를 가로저었다.

한울은 요즘 자신이 이상하다는 생각이 들기 시작했다. 해 수와 함께 있으면 기분이 좋았고, 해수가 다른 친구들과 이야 기하는 것을 보면 괜히 심술이 났다. 심지어 동규와 장난치는 것만 봐도 화가 났던 것이다.

'혹시 내가 동성애자?'

한울은 침대에서 일어나 컴퓨터를 켰다. 인터넷 검색창에 '동성애'라는 단어를 쳤다. 하지만 클릭을 할 수 없었다. 자신이 말도 안 되는 생각을 하고 있다는 생각이 들었기 때문이다.

한울은 컴퓨터를 끄고 침대에 누웠다.

한울은 왜 해수에게 자꾸 마음이 끌리는지 알 수 없었다. 요

즘 성 정체성 문제를 고민하는 사람들이 많다는 인터넷 기사
가 떠오르자 자신도 성 정체성 문제에 대해 고민해 봐야 하는
건 아닌가 하는 생각이 들었다.

'요즘 왜 이렇게 생각이 많아진 거야. 이게 다 해수, 하해수
때문이야.'

한울은 매트리스에 머리를 '쿡쿡' 박았다. 그러고는 그대로
얼굴을 묻고 눈을 감았다.

해수 4

아빠가 이상했다.

창가에 서서, 소파에 앉아서, 침대에 누워서 멍하니 있을 때
가 많았다. 앨범을 꺼내 사진을 보면서 생각에 잠기기도 했다.
엄마가 아프면서 끊었던 담배도 다시 피우기 시작했다. 해수는
아빠에게 말 못 할 고민이 생겼다는 것을 짐작할 수 있었다. 아
빠에게 물어보면 병원 일 때문이라고 대답을 피했다. 하지만
해수는 병원 일이 아니라는 것을 짐작할 수 있었다.

토요일 저녁이었다.

해수는 거실로 나왔다. 무슨 일인지 궁금해서 견딜 수 없었

기 때문이다. 이야기를 나누던 엄마, 아빠는 말을 끊고 해수를
바라봤다. 아빠의 어색한 표정, 요즘 해수를 볼 때마다 짓는
표정이었다. 해수는 엄마 옆으로 가서 앉았다.

"아빠, 요즘 저한테 숨기시는 거 있죠?"

"뭐?"

"분명 뭔가 있어요. 내 눈은 속일 수 없다니까요."

해수는 엄마와 아빠를 뻔히 바라봤다.

"엄마도 알고 있는 거 같고, 이 집에서 나만 모르는 비밀을
두 분만 속닥거리고 계시는 걸 보면 나만 남인가 봐요."

"뭐? 얘는 못 하는 소리가 없네. 남이라니? 뭔 소리야?"

엄마가 발끈했다.

"아, 아니. 뭔가 나만 모르는 일이 있는 거 같아서요."

"……"

엄마는 말없이 아빠를 봤다. 아빠 눈빛이 흔들렸다.

"엄마, 병이 다시 재발한 건가요? 그래서 아빠가 끊었던 담
배를 다시 피우시는 거예요?"

"아, 아냐. 난 괜찮아. 아무 이상 없어. 수술이 잘됐다는 거
너도 알잖아."

엄마는 손을 내저었다.

"그럼, 아빠가 불안해하는 일이 뭔데요? 아빠, 저 혼자 외톨

이가 된 기분이란 말이에요."

해수는 아빠를 봤다.

"여보, 해수도 어차피 알아야 할 일이에요."

"나도 정리가 안 돼서 그래. 머릿속이 복잡한데 어떻게 이야기하겠어. 왜 이러는지 나도 내 맘을 모르겠다니까."

"여보, 그러니까. 당신 혼자서 끙끙거리지 말고 함께 문제를 풀어봐요. 당신이 생각하는 문제가 아닐 수도 있잖아요."

"며칠만 기다려 줘. 태평양심해연구소 레이슨 소장에게 메일 보냈으니까 답장이 올 거야. 그때까지만… 메일을 받고 나서 말해도 되잖아."

아빠 모습은 평소와 달랐다.

엄마가 해수를 보며 말했다.

"해수야, 며칠만 기다려 보자. 엄마도 궁금하긴 한데 아빠가 말해 줄 때까지 기다려야 할 거 같아. 아들, 기다릴 수 있지?"

해수는 고개를 끄덕이고 나서 방으로 들어왔다. 그러고는 침대에 누웠다.

뭔가 찜찜했다. 실타래가 뒤엉키듯 머릿속이 복잡했다. 천장을 뚫어지게 바라보던 해수는 한울을 떠올렸다. 한울을 생각하면 기분이 좋았다. 한울이 마음속으로 비집고 들어올 때마다 자신 때문에 기창이 폭행 사건에 휘말렸고 징계를 받았기 때문이라고, 그래서 신경 쓰이는 것뿐이라고 생각했다. 하지만 그게 다가 아니라는 것을 해수 자신이 잘 알고 있었다. 인정하고 싶지 않지만 인정할 수밖에 없는, 한울에게 다가가는 마음을 어쩌지 못하고 있다는 것을.

'한울.'

한울은 기창이 사건이 있고 난 후부터 말수가 줄었고, 잘 웃지도 않았다. 같이 봉사를 다니면서 장난을 치고 웃기도 했지만 깊은 생각에 빠져 있을 때가 많았다.

해수는 학교에 있는 동안 한울을 살피는 것이 일과가 됐다. 한울은 동규와 장난치며 웃을 때도 진짜 웃는 것이 아니라 웃는 척할 뿐이었다. 해수는 한울의 웃음 뒤에 숨어 있는 또 다른 표정을 읽을 수 있었다.

한울이 혼자 생각에 빠진 모습을 볼 때마다 뭔지 알 수 없는 불안감이 해수를 우울하게 만들었다.

어제, 그러니까 금요일 오후, 보충 수업이 시작되기 전이었다.

한울이 창가에 서서 운동장을 바라보고 있었다. 해수는 창가로 갔다. 그러고는 할머니, 할아버지들에게 도시락 배달할 때 말하다가 끝맺지 못했던 거북선에 대한 이야기를 꺼냈다.

"거북선, 본 적이 있다고 했지?"

한울이 고개를 돌렸다. 뭔 말인지 모르겠다는 듯이.

"저번에 그랬잖아. 넌 진짜로 봤다고. 분명 거북선이라고."

"아, 그거… 거북선. 솔직히 말해서 자신은 없어. 거북선인지 아닌지. 잠시였지만 내가 본 것이 거북선일지도 모른다는 거지."

"네 말처럼 거북선일지도 모르잖아."

"응. 난 거북선이라고 믿고 싶어."

한울은 눈을 가늘게 떴다.

"물이 흐렸어. 흐린 물 사이로 둥그런 물체가 보이는데 흥분이 되더라. 내가 스쿠버를 하면서 보고 싶어 했던 난파선일지도 모른다는 생각 때문이었어. 그런데 이상했어. 내가 생각했던 배가 아니었어. 타원형 구멍이 군데군데 뚫려 있었거든. 자세히 보려고 했는데… 공기가 얼마 남지 않아서 상승할 수밖에 없었어."

"……."

"백상아리 아저씨랑 아빠가 다시 내려갔을 땐 찾을 수 없었다고 했어."

"이 강사님은 다른 곳에서 용머리 모양인 커다란 물체를 본 적이 있다면서?"

한울은 고개를 끄덕였다.

"그런데 해양문화재연구소에서 나온 분들이 내려갔을 땐 없었어."

"넌 어떻게 생각해? 거북선이 바닷속에 있을 거라고 생각해?"

한울은 아무 말 없이 먼 하늘을 올려다보다가 대답했다. 한울은 힘빠진 목소리로 대답했다.

"글쎄. 이젠 나도 잘 모르겠어. 그때는 거북선이라고 생각했는데… 다시 내려갔을 땐 없었거든. 내가 거북선이라고 상상했을 수도 있고… 백상아리 아저씨가 확실하지 않은 것은 말하지 말라고 했어. 거북선을 봤다고 했다간 문제가 될 수도 있다고 했거든. 넌 꿈을 꿨다고 했지?"

"지금도 꿈이 생생해. 꿈속에서 봤던 난파선이 네가 봤다는 것과 비슷한 거 같기도 하고… 그 난파선 안으로 들어갔다가 나오려고 하는데 난파선 주변에 상어가 떡하니 버티고 있는데 진땀 뺐어. 공기는 다 됐고, 상어는 버티고 있고… 난파선 안에서 죽을 수는 없잖아. 그래서 상어가 한눈판 사이에 난파선에서 빠져나왔어. 상어가 따라붙는데 죽는 줄 알았다니까."

한울이 해수를 봤다.

"상어에게 잡아먹히려는 순간 커다란 손이 나를 잡아 올리는 거야. 그 손은 내가 아는 사람 손 같았어. 근데 생각이 안 나. 검은 막을 씌운 듯 생각날 듯하면서 안 난단 말이야."

"누군지 모르지만 널 구했네."

해수는 고개를 끄덕였다.

"꿈속에서지만 날 구했어."

시간이 지날수록 꿈은 해수 머릿속에서 더 생생하게 기억됐다.

"네가 말하는 거북선은 어디에서 본 거야?"

"나무섬 근처."

한울 대답은 짧았다. 해수는 나무섬 이야기를 백상아리 아저씨에게 들어서 알고 있었다.

해수는 말머리를 돌렸다.

"너, 요즘 계속 딴생각에 빠져 있는 거 같더라. 기창이 일 때문에 그런 거야?"

한울은 창밖으로 시선을 고정시킨 채 아무 말이 없었다. 한참 만에 고개를 저으면서 말을 내뱉었다.

"그건 아냐. 만약 너한테……."

그때였다. 한울과 해수 어깨 위로 두 팔이 올라왔다. 동규였다.

"야, 나만 빼놓고 뭔 얘기를 심각하게 하냐?"

동규가 한울과 해수를 번갈아 보며 물었다.

"근데, 너희들 너무 친한 거 같은데… 혹시 기창이 말대로 썸 탄 거 아냐? 아무래도 수상하단 말이야."

장난기가 발동한 동규가 눈을 가늘게 뜨고 두 친구를 봤다.

"말이 되는 소리를 해라. 네 표정이 더 느끼하다는 거 알고
있냐?"

한울은 어깨에 얹힌 동규 팔을 거칠게 떼어 냈다. 동규는 무
색한 듯 얼굴을 붉혔다.

"에이시, 이젠 장난도 안 통하네. 한울, 요즘 너 계속 딴생각
하고 있다는 거 알고 있냐? 학교에선 더 심한 거 같단 말이야.
기창이, 저 녀석 일은 잊어버려. 지금 완전 왕따야. 달호만 놀
아준다니까. 이번 학기 끝나면 전학 간다는 말도 있어."

동규는 한울이 물어보지도 않은 말을 열심히 지껄였다.

"누가 저 녀석하고 놀아주겠냐고! 칼만 안 들었지 날강도잖
아. 가까이 하면 안 될 녀석이야. 언제 또 코 베어 갈지 모른다
니까. 안 그래?"

동규는 두 친구를 보며 자신의 말에 동조해주기를 바랐다.
하지만 한울과 해수는 고개만 끄덕였다. 뻘쭘해진 동규는 두
친구 어깨를 잡아 흔들었다.

"여하튼 두 남자끼리 또 스쿠버 이야기했지? 에이, 재미없잖
아. 참, 아이티. 너 난파선 꿈꿨다고 했지?"

해수는 고개를 끄덕였다. 그때 한울이 동규 어깨를 툭 쳤다.

"난 이미 다 들었다. 아이티 얘기 듣고 싶으면 너희들 자리로 가서 해라."

한울은 자신의 자리로 가 버렸다. 동규는 한울의 뒷모습을 보며 중얼거렸다.

"저 녀석, 요즘 왜 저러냐? 괜히 무게 잡는 거 같지 않냐?"

해수는 동규를 바라봤다.

"네가 한울에 대해서는 시시콜콜한 것까지 다 알고 있잖아. 너, 한울이랑 절친이라더니 맞기나 하냐?"

"절친? 절친이지. 아니 절친이라고 생각했지. 그런데 아닌 거 같다. 요즘은 저 녀석 머릿속에 뭐가 들었는지 도통 모르겠다니까."

동규 목소리에는 힘이 빠져 있었다.

해수는 한울을 바라봤다. 한울은 팔베개를 하고 책상에 엎드려 있었다.

해수는 한울 생각에서 벗어나려고 고개를 흔들었다.

"에이시!"

해수는 이불을 뒤집어쓰고 웅크린 채 손톱을 물어뜯었다. 아이티에 있을 때 불안하면 하던 버릇이 다시 생긴 것이다.

일주일이 지났다.

아빠 얼굴 표정이 달라졌다. 새로운 것을 알아냈을 때 나타나는 표정이다. 아빠에게 변화가 생긴 것이다.

방학식을 마치고 온 날이었다.

아빠가 해수를 불렀다.

"해수야, 이제 말해야 될 것 같구나."

해수는 아빠 앞에 앉았다. 엄마가 옆에 와서 해수 손을 꼬옥 잡았다.

'뭔 일이지? 엄마 암이 재발했나? 수술은 잘됐다고 했는데… 혹시 다른 곳에서 암세포가?'

온갖 나쁜 생각이 해수 머릿속을 비집고 들어왔다. 그동안 침묵했던 아빠가 입을 열었다.

"아빠는 몇 주 동안 혼란스러웠다. 어떻게 해야 할지 고민하고 또 고민했어. 네가 대학에 가고 나서 이야기하는 게 좋지 않을까 하는 생각도 했는데 지금 알아도 나쁠 거 같지 않구나."

'뭔데 저렇게 서두가 긴 거야?'

해수는 마음을 다잡았다.

"해수야, 내가 지금 하는 이야기를 오해하지 말고 들었으면 좋겠다."

해수는 고개를 끄덕였다.

"한울이와 너에 대한 이야기야."

"네? 한울이와 나에 대한 이야기라고요?"

뜻밖이었다. 해수는 아빠를 봤다.

"그래. 저번에 기창이라는 친구였나? 그 친구 사건 때 병원에서 한울을 보는 순간 얼마나 놀랐는지 모른다. 아빠와 절친이었던 기철이 얼굴이 떠올랐기 때문이야."

해수는 아빠 생명의 은인이라는 친구 이야기를 어릴 때 자주 들었던 기억이 났다.

"한울을 보는 순간 젊었을 때 그 친구가 다시 나타난 줄 알았다. 닮은 사람들이 가끔 있다고는 하잖니? 하지만 이번은 달랐어. 한울은 그냥 그 친구와 닮은 것뿐만 아니라, 그게 뭔지는 정확히 모르겠다만… 한울을 본 이후로 머릿속에서 지워지지 않는 거야."

엄마가 해수를 잡은 손에 힘을 주었다.

"아빠는 혹시 병원에서 아기가 바뀐 것은 아닌가 하는 생각을 하고 있어."

"네? 아기가 바뀌어요?"

아빠는 고개를 끄덕였다. 엄마가 덧붙였다.

"엄마가 보기에도 한울은 아빠 친구와 너무 닮았어."

"닮은 사람은 많잖아요. 연예인들도 비슷한 사람들이 얼마나 많은데요."

"그건 그렇지. 하지만 그런 거와는 달랐어."

아빠는 탁자 위에 있는 책을 펴더니 사진 한 장을 꺼내서 해수에게 내밀었다. 오래된 흑백사진이었다. 해수는 아무 생각 없이 사진을 들었다. 순간, 해수 눈이 동그래졌다. 사진 속 젊은 아저씨는 말 그대로 한울이었다. 청년이 된 한울을 보는 것 같았다. 해수는 사진을 손에 쥔 채 아빠와 엄마를 봤다.

"닮았지?"

엄마가 물었다. 해수는 고개를 끄덕였다.

"닮아도 너무 닮았어."

아빠 목소리는 들떠 있었다.

"어제 태평양심해연구소 레이슨 소장으로부터 연락을 받았다. 기대를 안 하고 있었는데……."

"뭐라고 했는지 말해 봐요. 궁금해 죽겠어요. 아빠는 해수, 너와 함께 이야기해야 한다면서 엄마에게도 비밀로 하지 뭐니."

엄마가 아빠를 보며 눈을 흘겼다. 해수는 궁금했지만 가만히 기다렸다.

"기철이 유전자 자료가 연구소에 있다는 거야. 연구소 직원들에게 일이 생기면 유전자 대조를 하기 위해서 유전자 파일을 보관하는데 기철이 파일이 보관되어 있다지 뭐냐."

"어머, 정말이에요?"

"응. 기철이 2세를 찾는 데 도움이 된다면 보내줄 수 있다는 답장이었어."

"잘됐네요. 당신이 궁금해하던 거 해결할 수 있네요."

"기철이가 심해연구소에 있을 때 버디가 레이슨 소장이었다네. 레이슨 소장은 기철이 그 친구를 잊을 수 없다고 했어."

"그래서 어떻게 하실 건데요?"

해수는 아빠를 바라봤다.

"한울의 유전자를 검사해 보고 싶다는 거예요?"

아빠는 고개를 끄덕였다.

"한울 부모님과 한울에게 이야기했어요?"

해수는 사진 속 기철이라는 아빠 친구를 내려다봤다. 왠지 낯설지 않았다.

"저번에 스쿠버 샵으로 찾아가서 이야기하고 전화상으로도 이야기했다만 믿으려고 하질 않아."

"기철이라는 친구 분은 어떻게 돌아가셨는데요?"

아빠는 창밖으로 눈을 돌렸다.

"기철이 그 친구, 아내가 아기를 낳았을 때 얼마나 좋아했는지 모른다. 직접 아이티로 전화해서 자랑까지 했어. 아기를 보러 귀국한다고 그렇게 좋아했는데……."

아빠는 잠시 말을 멈추었다가 말을 이어 갔다.

"기철이 아내가 혼자서 출산한다고 힘들었던 거 같아. 산후 우울증이 있는 아내를 데리고 병원에 가다가 교통사고로 그만……."

아빠는 숨을 크게 내쉬었다.

"그동안 아빠는 기철이 그 친구를 잊고 지냈다. 그런데 한울을 보는 순간 기철이가 떠오르더구나. 며칠을 고민하다가 알아보기로 한 거였어. 어떻게 된 일인지. 내가 엉뚱한 생각을 하고 있을 수도 있고 해서… 어떻게든 알아봐야겠다는 생각이 들었던 거야."

"병원에서 아기가 바뀐 건지 모른다는 생각이요?"

아빠는 고개를 끄덕였다.

"여보, 해수에게 아직 안 한 말 있잖아요."

엄마가 아빠를 보며 말했다.

'나에게 안 한 얘기? 뭐지? 뭐가 또 있단 말이지?'

해수 머릿속은 뒤죽박죽 엉망으로 뒤섞여 버렸다.

"해수야, 내가 하는 말에 상처를 받지 않았으면 좋겠다. 아빠와 엄마는 누가 뭐라든 넌 사랑하는 우리 아들이니까."

엄마 말이 해수를 긴장시켰다.

'혹시, 내가……'

해수는 엄마, 아빠를 보며 덤덤한 표정으로 물었다.

"혹시, 내가 바뀌었을지도 모른다는 이야기는 아니죠? 한울과 내가 바뀔 리가 없잖아요. 한울이 기철 아저씨 아들이라면 이 강사님 아들은 누구라고 생각하는 거죠? 저는 아닐 거고……"

해수는 말끝을 흐렸다. 갑자기 머리가 텅 비어 버렸다. 혹시 그럴지도 모른다는 생각이 들었다. 소설에서나 있을 법한 일이 현실에서도 자주 일어났다.

아빠가 고개를 끄덕였다.

"맞아. 한울과 네가 바뀌었을지도 모른다는 생각을 하고 있어."

"네? 저요? 어떻게 제가 되는 거죠?"

"해수를 이 세상에 태어나게 한 건 기철이니까. 우린 너를 키운 부모고."

해수는 입을 벌린 채 멍한 얼굴로 아빠를 봤다. 진짜 소설에서 있을 법한 일이 해수 앞에서 벌어지고 있었다. 엄마가 해수 손을 꼭 잡았다.

"형이 있었다고 했잖니? 형을 콜레라로 잃고 네 엄마는 하루하루를 힘들게 보내고 있었어. 그런데 가족처럼 지내던 기철이 가족이 사고를 당했다는 소식을 들었을 땐 정말 힘들더구나. 그런데 아기는 무사하단 이야기를 들었을 땐 그래도 안심이 되더구나."

아빠의 눈이 허공으로 향했다. 해수는 아빠 입을 봤다. 어떤 말이 나올까 궁금해하면서.

"보육시설에 네가 있다는 소식을 듣고 우리 부부는 귀국했다."

"보육시설이요?"

해수는 떨리는 목소리로 물었다.

"그래. 우리는 해수, 너를 입양했어. 우리가 기철이 2세인 너를 잘 키우는 것이 그 친구에게 해 줄 수 있는 최선의 길이라고 생각했으니까."

해수는 쇠망치로 머리를 한 대 얻어맞은 느낌이었다.

"해수야, 이 일이 있기 전까지는 평생 묻어두려고 했다. 그런데 엄마 생각이 짧았던 거 같아. 엄마 욕심이었다는 걸 알게 됐어. 기철씨가 원했던 것은 네 존재를 숨기는 것이 아니었던 거야. 아빠 생각도 그렇고. 그래서 알아보려는 거고……."

엄마가 해수를 바라보며 입꼬리를 살짝 올렸다.

"한울 부모님은 뭐라고 하세요?"

"아직은… 그럴 리 없다고… 유전자 검사를 할 수 없다더구나."

"한울도 모르고 있겠네요?"

"아마, 모르고 있을 거다. 하지만 한울 부모님을 설득해서 꼭 검사를 해 보고 싶구나. 해수 너도 그렇고… 검사해서 만에 하나 네가 기철이 아이가 아니라고 해도 넌 우리 아들이다. 그건 변함없어."

아빠는 해수에게서 눈을 떼지 않았다. 해수는 아빠 눈을 피하고 싶어 고개를 숙였다. 해수 머릿속은 뒤엉킨 실타래처럼 뒤죽박죽 얽히고설켜 버렸다.

해수는 아무 말 없이 자신의 방으로 들어왔다. 침대에 얼굴을 파묻고 손톱을 질겅질겅 씹었다. 얼마나 오래 씹었는지 손가락 끝에서 피가 빨갛게 올라왔다.

'난 엄마, 아빠 아들이 아니었어. 친아들이 아니었다니. 믿을 수 없어.'

해수 이빨은 손끝으로 옮겨 가 있었다. 손끝에서 피가 나기 시작했다. 혀끝을 통해 비릿한 피 맛을 느끼고 있던 해수는 손가락을 입에서 뗐다.

'내가 지금 뭐 하는 거지?'

해수는 아빠가 내밀었던 사진을 떠올렸다.

'그때 엄마, 아빠가 나를 입양하지 않았다면 어떻게 됐을까?'

해수는 머리를 흔들었다. 생각하기 싫었다.

'엄마, 아빠를 만난 건 운명일지 몰라. 운명.'

해수는 또 다른 생각 속으로 빠져들었다.

'만약 날 낳아준 부모에게서 자랐다면 난 어떤 아이가 됐을
까? 지금의 나였을까? 아니면 또 다른 나였을까?'

해수 눈이 허공에 머물렀다.

'한울과 바뀐 거라면… 진짜 웃기는 일이야. 나와 한울이 바
뀌었다니. 그럼 엄마, 아빠는 이 강사님과 남 강사님이잖아. 이
강사님과 남 강사님에게 특별한 감정을 느낀 적이 없어. 그렇다
면 바뀐 게 아닐 수도 있잖아. 근데 착각할 정도로 닮았어. 기
철이라는 분과 진짜 닮았단 말이야.'

해수는 사진 속 남자 얼굴이 지워지지 않았다.

'진짜 내 부모님은 누구지?'

해수는 머리가 지끈거리기 시작했다. 두 손으로 머리를 부여
잡았다.

'난 누구일까? 난 누구인 거야?'

변화

한울 5

● 한울!

○ kc형.

● 오랜만이다. 한울, 왜 이렇게 연락이 없어?

○ 그냥… 좀 바빴어요.

● 마음잡고 공부하는 거야?

○ 공부는 뭐… 그냥 멍 때리는 연습하느라고요.

● 멍 때리는 연습? 왜? 공부가 안 되니?

○ 공부… 모르겠어요.

- 그럼 왜 멍 때리고 싶은데?
○ 그냥 그렇다는 거죠. 꼭 이유가 있어서 그런 건 아니고…….
- 그렇긴 하지. 멍 때리는 데 이유가 필요한 건 아니지. 이 강사님이
  랑 엄마도 잘 있지?
○ 네. 모두 잘 지내고 있어요.
- 네 스쿠버 친구 아이티라고 했던가? 그 친구 실력 많이 늘었겠다
○ 바닷속을 자기 집 앞마당처럼 돌아다녀요.
- 그래? 대단한데. 어떤 친군지 보고 싶네.
○ kc형, 약속이 있어서 나가 봐야겠어요.
- 그래? 한울, 뭔 일 있는 건 아니지?

한울은 얼른 메신저를 껐다. kc형에게 비밀을 알리기 싫었
다.

PC방 시계가 7시를 알렸다.

머리를 뒤로 젖힌 한울 눈에 자욱한 담배 연기가 들어오자
갑자기 숨이 턱 막혔다. 한울은 몸을 일으켰다. 밖으로 나가지
않으면 숨이 막혀 죽을 것만 같았다. 한울은 재빨리 PC방을
빠져나왔다. 길거리에는 어둠이 내려앉고 있었다. 열기가 식은
저녁 바람이 한울 몸을 휘감았다. 한울은 신선한 공기를 힘껏
들이마셨다. 살 것 같았다.

한울은 PC방 앞에서 벗어나고 싶어 걸음을 옮기기 시작했다.

가로등 불빛에 비친 그림자를 보며 동규 얼굴을 떠올렸다. 항상 자신 옆에서 도움을 주는 친구. 하지만 요즘 동규를 멀리하고 있다. 오늘도 동규가 따라오려는 것을 차갑게 내치고 혼자서 학교를 빠져나왔다. 하염없이 거리를 배회하다가 찾아 들어간 곳이 PC방이다.

중학교를 졸업하고 처음 간 PC방은 여전히 담배 연기로 자욱했다.

컴퓨터를 한 대씩 차지하고 앉은 사람들은 담배 연기를 내뿜으며 열심히 자판을 쳤다. 자기들만의 사이버 세상에 흠뻑 빠져 있는 사람들. 한울도 컴퓨터를 하나 차지하고 앉아 사이버 세상으로 들어갔다. 단순하게 사이버 세상에서 게임을 즐기며 자신만의 세계에 갇히고 싶었다.

게임이 지겨워질 때쯤 kc형에게서 메신저가 왔던 것이다.

해운대 시장 골목을 빠져나온 한울은 귀에 익은 음악 소리가 들리는 해수욕장으로 향했다. 해운대 해수욕장 주변은 상가 불빛으로 대낮처럼 환했고, 마지막 여름을 즐기려는 사람들로 북적거렸다.

어둠 속에 잠긴 동백섬 너머로 광안대교 불빛이 반짝였다.

한울은 밤바다를 즐기는 사람들 사이를 빠져나와 검은 그림자
가 드리운 모래사장으로 걸어 들어갔다. 신발과 양말을 벗어
양손에 들었다. 발바닥 사이로 모래가 스며들며 샤륵샤륵 소
리를 냈다. 모래 감촉을 느끼기 위해 신경을 발바닥에 집중시
켰다. 꼭 자신이 모래 알갱이 같다는 생각이 들었다.

바닷물이 일렁이는 곳에서 걸음을 멈춘 한울은 주위를 살
폈다. 모래사장을 걸으며 밤바다를 즐기는 사람들은 많았으나
아는 얼굴은 없었다.

바닷물이 밀려오자 재빨리 발을 뒤로 뺐다. 한울은 반사적
인 자신의 행동에 피식 웃음을 던졌다. 모래 위에 털썩 주저앉
았다. 어둠에 덮인 바다가 눈앞에 펼쳐졌다. 어둠은 한울을 이
주일 전, 일요일 저녁으로 데리고 갔다.

한울이 침대에 누웠다가 자신도 모르게 잠이 든 날이다. 한
울은 한밤중에 잠에서 깼다. 물을 마시기 위해 부엌에 갔다가
안방에서 들리는 소리를 듣게 됐다. 안방문 밖으로 들리는 엄
마와 아빠 목소리는 평소와 달랐다. 자신의 방으로 들어가려
던 한울을 자꾸만 잡아끄는 것이 있었다. 한울은 뭔가에 이끌
리듯 안방 문에 귀를 갖다 댔다.

"진짜 해수와 한울이 바뀐 걸까요?"

"그걸 어떻게 알겠어. 그 당시에는 아기가 종종 바뀌기도 했

다잖아."

"아무리 그래도 그렇지. 어떻게 그런 일이 일어날 수 있는 거죠? 어떻게 할 거예요? 한울에게 유전자 검사를 시킬 거예요?"

"한울은 고등학생이야. 혼란을 주고 싶지 않아."

"맞아요. 한울은 누가 뭐래도 우리 아들이에요."

한울은 온몸이 굳어버린 듯 꼼짝할 수가 없었다. 엄마와 아빠가 무슨 말을 하는 건지 이해가 되지 않았다. 자신의 방으로 돌아온 한울은 침대에 털썩 주저앉았다. 머릿속이 복잡했다. 그 후 일주일을 어떻게 보냈는지 모른다.

'해수와 바뀌었을지 모른다고? 그럴 리 없어. 말도 안 돼!'

어둠에 잠긴 바닷물은 한울을 먼 기억 속으로 끌고 들어갔다.

자신이 웃는 것을 보며 좋아하던 엄마, 아빠. 온몸이 열로 펄펄 끓을 때 자신을 안고 병원으로 달려가던 엄마. 동네 형에게서 맞고 들어오자 달려 나갔던 아빠. 처음 수영을 배울 때 잘한다며 좋아하던 모습까지 엄마와 아빠 얼굴이 슬라이드처럼 지나갔다.

항상 한울에게 너그러웠던 아빠에게서 딱 한 번 혼난 적이 있다. 중학교 때 친구들과 PC방에 다녔을 때다.

중학생이 된 후 친구들을 따라서 갔던 PC방은 한울에게는 색다른 세계였다. 담배 연기가 자욱한 그곳에 앉아 있으면 괜히 어른이 된 듯한 느낌이 들었다. 부모님 눈을 피해 찾아 들어간 PC방은 뭐든지 허용됐다. 어른들처럼 담배를 피워 물고 뿌연 연기를 뿜어내며 게임을 하고 있으면 괜히 우쭐해졌다.

그런데 한울이 PC방에 다닌다는 것을 알게 된 아빠는 PC방을 엉망으로 만들어 놓았다.

"아무리 돈이 중요하다지만 어떻게 담배 연기로 찌든 곳에 어린 학생들을 들여놓는단 말입니까? 이렇게 어린 학생들이 담배를 피우는데도 가만있는단 말이요!"

"내가 학생인지 중퇴한 녀석인지 어떻게 안단 말이요? 여기에 들어오는 것도, 담배를 피우는 것도 자신들이 원해서 하는 거요. 여기 와서 소란 피우지 말고 가정교육이나 제대로 시켜요. 소란을 계속 피우면 영업 방해로 신고할 거요."

PC방 주인이 아빠에게, 신고하겠다고 큰소리쳤다. PC방 주인의 뻔뻔스러운 태도에 할 말을 잃은 아빠는 한울 손을 잡고 PC방을 빠져나왔다. 그러고는 딱 한마디 했다.

"다음부턴 저런 곳에 드나들지 마라."

그 후 한울은 PC방 근처에는 가지 않았다.

"한울, 뭔 생각을 그렇게 골똘히 하고 있어?"

백상아리 아저씨가 언제 왔는지 한울 옆에 서 있었다.

백상아리 아저씨 문자를 받은 것은 점심시간 무렵이었다.

● 한울, 오늘 저녁에 시간 어떠니? 요즘 자율학습 안 한다던데… 저

녁 7시쯤 해운대 백사장에서 보자.

백상아리 아저씨에게 답 문자를 보내지 않았다. 그 누구도 만나고 싶은 마음이 없었기 때문이다.

막상 백상아리 아저씨가 나타나니 기분이 나쁘지는 않았다. 오히려 반가운 마음이 들었다.

"한울, 요즘 네 얼굴은 보고 다니니?"

한울은 무슨 말인지 몰라 고개를 돌렸다.

"요즘 네 얼굴을 보면 세상 고민은 혼자 다 짊어진 사람 같아 보여. 평소 너와 전혀 어울리지 않아."

'세상 고민……'

"한울, 네 특유의 웃음은 어디로 놀러 보내고 찬바람만 몰고 다니는 거니? 뭔 일 있는 거야? 이 강사와 남 강사가 많이 걱정하던데……."

"……."

한울은 고개를 숙였다. 발에 달라붙은 모래를 발바닥으로

쓱쓱 문지르며 떼어 놓으려고 했지만 잘 떨어지지 않았다.

"한울, 고민거리 있으면 마음속에 담아 놓지 말고 밖으로 밀어내야 해. 어떤 일이든 마음속에 담아 두는 건 좋지 않은 거야. 예전에 아저씨가 얘기한 적 있지. 아저씨 학창 시절은 정말 대단했다고."

한울은 욕지도로 스쿠버 갔을 때 백상아리 아저씨 학창 시절 이야기를 들은 적이 있다. 말썽을 부렸을 것 같아 보이지 않는 아저씨가 엄청난 말썽꾸러기였다는 것이다. 그 후 아저씨 얼굴을 보고 있으면 아주 가끔 어두운 그림자를 볼 수 있었다.

"공부는 안 하고 어떻게 하면 어머니를 괴롭힐까 궁리만 했으니까. 지금 생각하면 왜 그랬나 싶다. 나를 키워준 것만으로도 고마워해야 하는데, 그때는 온갖 말썽이란 말썽은 다 부리는 것이 내 목표였으니, 웃기지 않냐?"

한울은 백상아리 아저씨를 봤다. 아저씨 눈길은 먼바다에서 빛나고 있는 광안대교 불빛에 멈추어 있었다.

"그 당시 내 마음을 털어놓을 수 있는 사람이 없었던 게 문제였어. 누군가에게 내 마음을 털어놓았더라면 좀 낫지 않았을까 하는 생각이 들곤 했으니까."

백상아리 아저씨는 운동화를 신은 발로 모래 알갱이를 비비댔다.

"참 후회 많이 했다. 울기도 많이 했고… 엎질러진 물은 다시 주워 담을 수 없다는 속담이 있듯이 되돌릴 수 없더라. 내가 정신을 차렸을 때 어머니는 고칠 수 없는 병이 든 후였으니까."

백상아리 아저씨 눈가에 눈물이 맺혔다.

상가에서 나오는 음악 소리가 허공을 맴도는 동안 두 사람 사이에서 긴 침묵이 흘렀다. 한울은 옆눈으로 아저씨를 흘끔 봤다. 아저씨가 손으로 눈가를 훔쳐냈다. 아저씨는 어머니를 생각하면 눈물이 난다고 했다. 후회의 눈물이라고.

"그때는 복잡하게 뒤엉킨 내 마음을 어떻게 풀어야 할지 몰랐어. 내 마음을 열어주고 풀어주는 사람이 있었다면 달라졌을 거라는 생각이 든다. 지금 한 달에 한 번 주말에 시간을 내서 소년원에 가는 것도 그 때문이야. 소년원에 있는 아이들 이야기를 들어주는 것. 그 녀석들 내면에 응어리진 마음을 끄집어내는 거지. 집에서든 학교에서든 관심받지 못하는 녀석들이 관심을 받고 싶어 튀는 행동을 하는 경우가 종종 있거든. 그 녀석들 이야기를 듣고 있으면 나도 모르게 눈물이 난단 말이야."

백상아리 아저씨는 어두운 바다로 눈길을 둔 채 계속 말을 이어 갔다.

"한울, 네 마음에 어떤 실타래가 엉켜 있는지 모르겠다만 풀어야 해. 엉킨 실타래를 꽁꽁 숨겨 놓으면 풀 수 없을 정도로 뒤엉켜 버리는 거야."

한울은 아저씨 말을 들으며 생각했다.

'엉킨 실타래를 어떻게 풀어야 할지 모르겠어요.'

한울은 백상아리 아저씨 옆얼굴을 바라봤다. 아무리 봐도 불량소년이었다는 것이 믿어지지 않았다.

아저씨는 온순하면서도 조용했다. 상대를 기분 나쁘게 하지도 않는다. 힘든 일은 자신이 먼저 나서서 하고 상대가 누구든 좋은 점을 찾아 먼저 칭찬했다. 또한 상대방의 이야기를 잘 들어주었다. 바닷속에서도 마찬가지다. 바닷속에 있는 쓰레기를 치우고 불가사리를 잡아 올리며 바다 생물들이 깨끗한 환경에서 살 수 있도록 했다.

"한울, 지금 네 나이에는 작은 일도 크게 생각될 수 있어. 또 온갖 생각으로 뒤엉키기도 하지. 아마 너도 그러지 않을까 싶다. 어디로 튈지 모르는 생각들을 하게 되는 거지. 시간이 지나고 나면 아무것도 아닌 일을 심각하게 받아들였다는 생각을 하게 돼. 사소한 일에 목숨 걸듯 싸웠다는 것을 알고 후회할 때는 이미 늦게 돼. 이건 아저씨 경험에서 나온 말이다."

"……."

"아저씨는 그때 우연히 내 귀에 들어온 말 때문에 맘대로 생각하고 결론짓고 행동했어. 참 바보 같은 짓이었지. 지금도 내가 했던 짓이 용서가 안 돼. 내 마음속에 엉킨 실타래를 천천히 풀면 잘 풀어졌을 텐데 더 엉키게 만들었으니……."

백상아리 아저씨가 한울을 봤다.

"한울, 어떤 일이든 마음에 담아 놓으려고 하지 마라. 누군가에게 털어놓을 수 있어야 돼. 친한 친구든, 마음이 편한 어른이든, 이 아저씨처럼 후회할 행동은 하지 말았으면 좋겠구나."

"……."

"녀석, 세상 고민은 혼자 다 짊어지고 있는 얼굴을 하고는… 인마, 넌 활짝 웃는 모습이 더 멋져."

백상아리 아저씨는 한울 등을 몇 번 토닥여 주더니 뒤돌아섰다.

"한울, 아저씨 얘기 들어주어서 고맙다. 네 시간을 많이 빼앗은 건 아니지? 너무 늦은 시간까지 방황하지 말고 집으로 들어가라."

아저씨는 뒤돌아서더니 모래사장을 걸어 나갔다. 한울은 아저씨 뒷모습을 가만히 바라봤다. 그때 아저씨가 고개를 돌려 한울에게 윙크를 보냈다.

"한울, 9월 넷째 주에 나무섬 다이빙 투어 가는 거 잊지 않았지? 그때 보자."

아저씨는 한울 대답을 듣지 않고 손을 흔들더니 멈추었던 걸음을 옮겼다.

한울은 동호회에서 잡은 9월 투어가 나무섬이라는 걸 잊고 있었다. 뒤엉켜 있는 생각들이 한울을 힘들게 하고 있었다.

어둠이 내려앉은 밤바다는 고요했다. 파도 소리만 어둠을 뚫고 소리를 냈다. 어둠에 갇힌 먼바다에서 작은 불빛이 보였다. 그 빛은 컴컴한 어둠 속에서 길 잃은 사람들에게 길을 찾아주는 희망의 빛처럼 보였다.

한울은 모래가 잔뜩 묻어 있는 발을 내려다보며 생각에 잠겼다.

파도에 쓸려 가는 모래알.

'나는 모래알보다 못한 존재인가?'

한울 머릿속은 뒤죽박죽 엉켜 있었다. 자신이 할 수 있는 모든 생각들은 꼬리에 꼬리를 물고 늘어졌다.

한울은 답답한 가슴을 뚫어버리고 싶었다.

"아아악!"

한울 입에서 터져 나온 고함 소리가 파도 소리에 묻혀 사라졌다. 다시 한 번 소리를 질렀다.

"아아아아악!"

소리를 질러도 답답한 가슴은 뚫리지 않았다.

한울은 터덜터덜 걸었다. 발이 가는 대로 그냥 걸었다. 정신을 차려 보니 아파트 앞이었다.

"이한울!"

한울은 고개를 돌렸다. 엄마였다.

"한울, 얼마나 걱정한 줄 알아? 요즘 왜 이렇게 걱정시키는 거야. 어서 들어가자."

한울은 엄마가 내민 손을 못 이기는 척 잡고 집으로 들어갔다. 방으로 들어간 한울은 침대 위에 누웠다. 그냥 '멍'하니 천장을 바라보다가 눈을 감았다.

한울은 결정했다. 해수 아빠를 만나기로.

일주일 후, 보충수업을 마친 한울은 해수와 동규를 따돌리고 학교를 빠져나왔다. 그러고는 해수 아빠가 근무한다는 병원으로 향했다. 해수 아빠는 12시 30분부터 점심시간이라며 1시쯤에 오라고 했다.

하태현. 진료실 문에 적힌 해수 아빠 이름이 눈에 들어왔다.

똑똑똑.

노크를 했다.

"들어와요."

한울은 손잡이를 돌렸다. 해수 아빠와 눈이 마주쳤다. 한울을 기다렸다는 눈빛.

"안녕하세요."

한울은 해수 아빠가 권하는 의자에 앉았다. 해수 아빠는 전기포트 스위치를 눌렀다. 물은 금방 끓어올랐다.

"아저씨도 방금 차 한 잔 마시던 중이었거든."

해수 아빠는 티백을 넣은 잔에 뜨거운 물을 붓고는 한울 앞으로 내밀었다.

"둥굴레 차야. 오늘처럼 가을을 알리는 서늘한 바람이 불 때는 따뜻한 둥굴레 차가 좋더라. 고소하거든."

"고맙습니다."

"전화 받고 놀랐다. 부모님은 거절하셨거든. 누가 낳았든 누가 길렀느냐가 중요하다고. 그건 내 생각도 같아. 난 단지 알고 싶을 뿐이다. 부질없는 내 욕심인지 모르겠구나. 이 아저씨 마음을 조금만 이해해 주면 좋겠다."

한울은 바싹 메말라 있는 입 안으로 둥굴레 차를 한 모금 흘려보냈다. 입 안이 촉촉해졌다.

"처음에는 고민을 많이 했어요. 내가 엄마, 아빠 자식이 아니라면 어떻게 하나? 하는 생각이 머리를 복잡하게 만들었거든요. 차라리 엄마와 아빠가 대화하는 걸 듣지 않았더라면 하는 후회도 했고요. 하지만 이미 주워 담을 수 없는 엎질러진 물이라는 것을 알게 됐어요."

해수 아빠는 아무 말 없이 한울을 바라봤다.

"솔직히 저도 궁금하긴 했어요. 누구 아들인지요. 처음엔 충격이 컸지만 시간이 지날수록 궁금하더라고요. 알고 싶기도 하고요. 해수와 내가 뒤바뀐 걸 수도 있지만 앞으로 더 친하게 지낼 수 있을 것도 같았어요."

해수 아빠는 고개를 끄덕였다.

"그래서 유전자 검사를 받기로 했어요. 검사하고 나서 부모님에게 말할게요. 뒤바뀐 게 아닐 수도 있잖아요. 괜히 걱정 끼쳐 드리고 싶지 않아요."

한울은 해수 아빠를 바라봤다.

"속이 깊구나. 네가 이렇게 찾아와 주어서 정말 고맙다."

"어떻게 하면 되나요? 인터넷에 찾아보니까 머리카락을 가지고도 검사를 하지만 피를 뽑는 것이 정확하다고 하던데요. 피를 뽑으면 되나요."

"네 머리카락이 있어도 되고 피를 뽑아도 되고… 이왕 이렇게 왔으니 혈액을 채취하도록 하자."

"네."

한울은 검사실에서 혈액을 채취했다.

"검사 결과는 2~3일 후면 나올 거다. 검사 결과 나오면 연락하마."

한울은 병원을 나왔다.

서쪽 하늘이 붉게 물들었다. 답답했던 마음이 뻥 뚫린 듯 시원했다. 한울은 상쾌해진 공기를 힘껏 들이마셨다.

해수 5

한울도 알고 있는 것이 분명했다.

하지만 한울에게 말할 수 없었다. 너와 내가 뒤바뀐 아기일지 모른다고.

해수는 피를 뽑았다. 어찌 됐든 궁금했기 때문이다. 만약 한울과 바뀐 거라면 더 친해질 수도 있지 않을까? 하는 생각이 들었다. 이상할 것이다. 하지만 각자 생활하면서 부모님끼리, 우리끼리 잘 지낼 수도 있다는 생각이 들었다.

해수는 그냥 편하게 생각하기로 했다. 그러니까 뒤엉킨 마음이 한결 편했다.

아침에 학교에 가려고 나오는데 아빠가 불렀다.

"해수야, 오늘 자율학습 없는 날이라고 했지? 학교 끝나면 한울이랑 초가집 한정식으로 와라. 초가집 한정식 어디 있는지 알지?"

결과가 나온 것이다. 굳어 있던 아빠 얼굴이 삼일 전부터 달라졌다.

'어떻게 나왔을까? 바뀐 거라면 어떻게 하지?'

수업시간 내내 해수 머릿속은 검사 결과에 대한 궁금증 때문에 수업을 집중할 수 없었다. 어떤 결과가 나왔든 빨리 알고 싶었다. 해수는 학교 수업이 끝나자 한울에게 갔다.

"아빠가 같이 오래."

"응, 연락 받았어."

아빠가 한울에게도 연락한 것이다.

'한울이 정말 기철 아저씨 아들이 맞는 걸까? 그렇지 않다면 아빠가 직접 연락했을 리가 없잖아. 그럼 우리 아빠는 이 강사님? 뭐 이런 시추에이션이 다 있어? 왜 나에게 이런 일이 일어났지. 그냥 모르는 게 나을 수도 있는데. 한울 생각은 어떨까? 그래도 나는 부모님이 있지만 한울 부모님은 돌아가셨잖아. 그럼 한울이 더 슬픈 건가? 에이, 모르겠다.'

그때 동규가 다가왔다.

"야, 또 니들끼리 가는 거야? 오늘은 나도 같이 가자."

"오늘은 안 돼. 내일은 끼워줄게."

"뭐야? 선심 쓰듯 얘기하네. 됐다 됐어. 내일은 내가 시간 안 되거든."

"그럼 어쩔 수 없지 뭐."

한울은 가방을 어깨에 둘러멨다.

"뭐야, 니들끼리 그러기야? 알았다 알았어. 내가 뭐, 니들 아니면 친구 없는 줄 아냐."

동규는 뒤돌아서서 횡하니 가 버렸다.

"동규 저렇게 보내도 돼?"

해수는 걱정스러운 듯 물었다.

"같이 데려갈 수도 없잖아. 내일 맛있는 거 사 주면 돼. 가자. 늦겠다."

해수는 한울 뒤를 따라나섰다.

'한울은 괜찮은가 보네. 며칠 전까지도 우울해했는데 지금은 아무렇지 않은 거 같아. 진짜 괜찮은가?'

해수는 한울 생각으로 머릿속이 꽉 찼다.

"한울, 우리 아빠한테 연락 받은 거니?"

"아니, 아침에 아빠가 너랑 같이 초가집 한정식으로 오라고 했어."

'아, 그랬구나. 아빠가 아니라 이 강사님한테 들었구나.'

"넌 괜찮아?"

해수는 한울을 보며 물었다.

"안 괜찮으면 어쩔 건데. 우리가 뒤바뀌었다고 해서 각자 가족한테로 가서 살겠냐? 그것도 우습잖아."

한울 걸음이 빨라졌다.

"고민해 봐야 해결책이 없는 거 같더라. 그래서 편하게 생각하기로 했어. 인터넷을 찾아봤는데 그때는 병원 실수로 뒤바뀐 아기들이 제법 있더라고. 야, 너와 내가 뒤바뀐 거라면 그것도 운명 아니겠냐?"

"……"

해수는 아무 말 없이 걷기만 했다.

"너도 너무 고민하지 마라. 고민한다고 달라지는 건 없을 테니까. 어차피 어른이 되면 각자 살아가야 하는 거고, 내가 내린 결론은 내 인생 열심히 살자야."

한울이 해수 어깨에 팔을 걸쳤다.

"그러니까 너무 심각하게 생각하지 말자. 머리만 복잡해지니까. 그냥 편하게 생각하자. 쿨 하게 말이야."

해수는 한울을 봤다. 한울이 윙크를 했다.

'이 녀석, 진짜 쿨 하네.'

초가집 한정식 식당이 보였다.

해수 심장이 쿵쾅거리기 시작했다. 떨리는 마음은 어쩔 수 없었다.

'별거 아냐. 한울처럼 쿨 하게 생각하자. 그래 나는 나야.'

해수의 쿵쾅거리던 심장이 조금은 잦아들었다.

저녁시간이라 손님들이 많았다. 해수가 예약자 이름을 대자 종업원이 방 입구까지 데려다주었다.

그때 방문 밖으로 말소리가 들렸다.

"꿈에도 생각하지 못했던 결과입니다."

한울 아빠 목소리였다.

"세상에 누가 아니래요. 정말 놀랐어요."

해수는 엄마가 진짜 놀랐을 때 내는 목소리라는 것을 알 수 있었다.

"저는 솔직히 걱정스러워요. 민감한 시기라⋯ 사실대로 이야기 하는 것이 잘하는 일인지 모르겠네요."

한울 엄마 목소리에 걱정스러움이 묻어 있었다.

"애들이 알면⋯ 걱정스러운 건 사실입니다. 하지만 난 우리 해수를 믿습니다. 잘 해결할 수 있을 겁니다."

아빠는 해수를 믿는다고 했다. 확신에 찬 목소리였다.

해수는 한울을 물끄러미 바라봤다. 문을 열고 들어가야 할지, 어떻게 해야 할지 판단이 서지 않았다.

"저도 우리 한울일 믿어요. 하지만⋯ 한울인 보기엔 강해 보이지만 마음이 여려요. 솔직히 상처가 될까 걱정이에요."

"여보, 걱정하지 마. 난 우리가 한울일 잘 키웠다고 생각해.

어릴 때부터 뭐든 스스로 잘해 냈잖아. 당신이 그랬잖아. 한울에게 억지로 시키는 것은 싫다고. 그래서 항상 한울이 선택하게 했고, 결정하게 했어. 물론 결과도 자신이 책임을 져야 했지만 말이야. 그렇다고 당신이나 나나 우리 교육 방식을 후회한 적 없잖아."

"그건 그렇지만… 그래도 걱정되는 걸 어떻게 해요?"

"여보, 우리 한울일 한 번 더 믿어 봅시다. 내면이 의외로 강한 아이일 수도 있어."

잠시 침묵이 흐르는 듯했다. 그때 아빠 목소리가 들렸다.

"우리 아이들을 믿어 보지요. 우리도 그렇고 한울 부모님도 한울일 잘 키웠다는 생각이 듭니다. 해수와 한울인 든든한 아들이잖아요."

해수는 한울을 봤다. 한울 얼굴에 미소가 번졌다.

한울이 문을 열었다.

"우리 왔습니다."

한울 표정과 목소리는 의외로 밝았다.

"듬직한 우리 아들들이 왔네."

엄마가 밝게 웃었다. 뒤이어 아빠가 말했다.

"배고프겠다. 자리에 앉아라."

한울 엄마도 두 친구를 보며 손짓했다. 한울 아빠는 해수와 한울을 보고 미소를 지었다.

해수와 한울은 자리를 잡고 앉았다. 해수는 꼭 맞선 보는 자리 같다는 생각을 했다. 그러자 피식 웃음이 나왔다. 둘 다 남자라는 것이 어색할 뿐이었다.

한정식 요리가 들어오고 말없이 음식을 먹어치웠다. 후식으로 수정과가 나오기 전에 아빠는 종업원에게 음식 그릇을 치워 달라고 부탁했다. 그릇이 깨끗이 치워지고 수정과가 놓였다.

아빠가 말을 꺼냈다.

"유전자 검사 결과가 나왔어. 그런데 예상하지 못한 결과야. 그 누구도 전혀 생각하지 못했던 결과라 처음엔 나도 당황스러웠다. 어떻게 해야 할지 몰라 한울 부모님을 만났다. 그리고 놀라운 사실을 알게 됐어."

"진짜, 꿈에도 생각하지 못했던 일이야."

엄마와 한울 엄마가 동시에 목소리를 높였다. 아빠가 말을 이어 갔다.

"하지만 너희 둘에게는 좋을 수도 있겠다는 생각이 들었다. 민감하다는 사춘기지만 너희들은 좋게 생각할 거라 믿고 이야기하기로 했다. 너희들에게 감춘다는 것은 어른으로서 더 못할 짓이라는 생각이 들었어."

한울 아빠가 고개를 끄덕였다.

"나도 해수 아빠와 같은 생각이다. 이번 일이 너희 둘에게는 오히려 더 좋을 수도 있다는 생각이 들더구나."

"두 분이 없는 세상에서 이렇게 만나게 된 것은 운명이에요. 운명."

엄마가 양쪽 입꼬리를 올리며 활짝 웃었다. 해수는 한울을 바라봤다. 뭔 말인지 이해가 되냐는 듯이.

"여보, 애들 속 타겠어요. 이제 말해 줘요."

엄마가 아빠를 봤다.

"처음에 한울을 봤을 때 해수 너와 바뀐 게 아닌가 하는 생각을 했다는 거 알고 있지?"

해수와 한울은 고개를 끄덕였다. 유전자 검사를 한 이유이기도 했기 때문이다.

"아빠가 이번만큼은 정말 결정을 잘했구나 하는 생각이 들었다. 한울과 해수 유전자 검사 결과는 99%가 일치한다는 결과가 나왔어."

"네?"

해수와 한울은 동시에 소리쳤다.

"나도 처음엔 너희들처럼 놀랐다. 뭔가 잘못됐나 싶어서 다른 연구소에 검사를 의뢰했지만 똑같은 결과가 나왔어. 그 연구소에서 나온 검사 결과도 너희 둘 염색체는 99% 일치한다는 거야."

아빠는 말을 멈추었다.

해수와 한울은 서로를 바라봤다. 당황한 눈빛, 놀란 눈빛이었다. 한마디로 믿을 수 없다는 눈빛이었다.

잠시 숨을 내쉰 아빠가 말을 이어 갔다.

"결론부터 말하면 너희 둘은 쌍둥이다."

"쌍둥이라고요? 어떻게 쌍둥이가 된다는 거죠?"

해수는 되물었다.

"믿을 수 없어요."

한울이 중얼거렸다.

한울 엄마는 물을 한 모금 마시더니 한울과 해수를 바라봤다.

"난 임신을 할 수 없었어. 선천적으로 자궁에 문제가 있었거든. 아빠는 내가 임신을 못 한다는 걸 알면서도 나와 결혼을 했어. 그래서 우리 부부는 아기를 입양하기로 하고 보육원을 찾았지. 난 한울, 너를 보는 순간 마음에 쏙 들었어. 하늘에서 내려준 우리 아들이라는 생각이 들었거든. 얼마나 기뻤던지··· 한울, 네가 얼마나 사랑스러웠는지··· 정말 사랑스러웠거든."

"엄마가 한울, 네가 아니면 안 된다고··· 집으로 데려오기 전까지 매일 보육원에 찾아갔었어. 엄마는 하늘이 내려준 아기를 보는 것처럼 좋아했어."

한울 엄마가 옆에 앉은 한울 손을 꼭 잡았다. 한울 아빠가
말을 이었다.

"보육원을 찾아가서 옛날 자료를 살펴봤다. 보육원에 불이
났을 때 너희들 자료가 불에 타 버렸다는 사실을 알게 됐어.
너희들 자료는 보육원에서 새로 만들어진 거였어. 새로 만든
자료가 너희들을 남남으로 만들었던 거지."

엄마가 해수와 한울을 봤다.

"아빠 친구인 기철씨 와이프가 쌍둥이를 낳았다는 것을 우
리는 모르고 있었어. 기철씨가 얘기를 안 했거든."

"기철이 그 친구가 빅뉴스가 있다고 했었는데… 그 빅뉴스가
쌍둥이를 낳았다는 것이었는지도 모르겠구나."

해수와 한울은 아무 말 없이 서로 바라만 봤다.

"너희 둘은 어떻게 생각할지 모르겠다만 우리끼리 의논해서
내린 결론은 그냥 예전처럼 생활하자는 거다. 대신 너희 둘, 함
께하는 시간을 많이 주자고 했다. 나중에 성인이 되어서 너희
둘이 같이 생활하고 싶다면 그렇게 하기로 하고… 너희들도 그
러는 것이 좋을 거 같고……."

해수와 한울은 해수 아빠 말을 조용히 듣기만 했다. 머릿속
이 복잡해서 뭐라고 말을 할 수가 없었다. 생각할 시간이 필요

했다.

해수는 방으로 들어오자마자 침대에 누웠다. 어떻게 집에 왔는지 기억이 제대로 나지 않았다. 꿈을 꾼 것도 같고, 진짜 자신에게 일어난 일인지 분간이 안 갔다. 그때 한울에게서 카톡이 왔다.

- 해수, 너와 내가 쌍둥이라는 거 믿어지냐?
- 넌?
- 모르겠어.
- 나도 모르겠어.
- 야, 나 따라 하지 마라 .
- 따라 하는 거 아니다. 며칠 동안 너무 많은 일이 일어나서 정리가 안 될 뿐이지.
- 그건 나도 그래.
- 한울?
- 응.
- 네가 형일까? 내가 형일까?
- 뭐? 됐다 됐어. 잠이나 자라.
- 그냥 궁금해서.
- 넌 누가 형인 거 같은데?

○ 너.

● 그럼 내가 형 한다?

○ 그럼 난 동생 한다?

● 따라 하지 말라니까.

○ 따라 하는 거 아냐. 아우~ 피곤하다.

● 피곤하면 자.

○ 그래, 잠이나 자야겠다.

해수는 핸드폰을 닫았다. 기분이 이상했다.

'형제가 있다니 그것도 쌍둥이 형제가.'

혼자인 것보다 둘인 것이 나을 수 있다는 생각이 들기도 했다.

'한울이 형인 게 확실해.'

한울에게 끌렸던 게 쌍둥이였기 때문이라고 생각하니 웃음이 나왔다.

해수는 긴장했던 마음이 서서히 풀리면서 피곤이 밀려왔다. 눈을 감자마자 깊은 잠 속으로 빠져들었다.

해수는 주말 동안 방 안에만 틀어박혀 있었다. 한울과 함께 가기로 했던 도시락 봉사도 가지 않았다.

월요일 아침, 교실에는 등교한 친구들이 많지 않았다. 담임선생님은 개학을 한 지 한 달이 지났는데 다들 게으름을 피운 다며 나무랐지만 친구들은 수업시간에 맞춰서 학교로 왔다.

교실로 들어서다가 해수를 본 동규가 쪼르르 달려왔다. 그러고는 해수 가까이 얼굴을 들이밀며 물었다.

"야, 한울과 진짜 쌍둥이야?"

"……."

해수는 말없이 동규를 봤다.

"한울이 그러더라. 너랑 쌍둥이라고."

"응."

해수 대답은 짧았다.

"정말이야? 이거 대박. 완전 대박이다."

"나도 그렇게 생각해."

해수는 심드렁하게 대답했다.

"우와, 완전 소설 속 이야기잖아. 야, 이거 방송에 나와야 하는 거 아냐?"

동규는 믿을 수 없다는 듯 소리쳤다.

"야, 너 미쳤어? 좀 조용히 해."

한울이 언제 왔는지 동규 머리를 툭 쳤다.

"그래서 너희들 하는 행동이 닮았구나."

"우리가 닮은 구석은 있었냐?"

"그럼. 너희 둘 닮은 점 많았어. 저번에 내가 물었잖아. 너희 둘 썸 탔냐고. 야, 오늘 보충 끝나고 내가 쏜다. 너희 둘, 쌍둥이 형제가 된 기념으로."

"그래? 내가 사려고 했더니… 네가 사라."

"뭐? 그럼 네가 사."

"됐다 그래."

"인마, 뭐가 됐냐! 헤어졌다가 다시 만난 쌍둥이 형제여! 그대들은 나의 영원한 친구라네!"

동규는 두 친구 어깨에 양팔을 올렸다.

"똥규, 뭐 하는 시추에이션이냐?"

한울이 동규의 한쪽 팔을 쳐냈다. 그러자 동규는 한울 어깨에 팔을 다시 올렸다.

"녀석, 쑥스러워하기는… 야, 내 연기 어땠냐? 내 꿈을 다시 생각해 봤는데… 결론부터 말하자면 연극배우가 되기로 했다는 거다."

"뭐? 분식집 사장은 어떻게 하고 갑자기 웬 연극배우냐?"

한울이 동규를 보며 물었다. 해수도 동규를 봤다.

"너희들끼리 무게 잡고 있을 때 나도 내 미래에 대해서 진지하게 생각해 봤다는 거 아니냐. 보충수업 끝내고 혼자 거리를 배회하다가 청소년문화의집 앞을 지나게 됐는데 청소년 연극

동아리 반원을 모집한다는 광고가 눈에 띄는 거야."

"그래서?"

해수가 동규를 빤히 봤다.

"그 광고를 보는 순간, 그래 이거다! 하는 필이 오는 거야. 그래서 바로 찾아갔지."

"똥규, 너에게도 이제 필이 찾아온 거냐? 자식, 스쿠버를 같이 하자고 할 땐 안 넘어오더니……."

한울이 동규를 째려봤다. 동규는 한울의 눈을 피하며 해수에게로 눈길을 돌렸다.

"이번 기회에 너희들도 연극을 해 보는 건 어떠냐?"

"됐다 그래."

이번에는 해수가 동규의 팔을 툭 쳤다.

"발끈하기는. 장난도 못 하냐? 너희들이 들어와서 내 자리를 차지하면 안 되지."

동규는 두 친구 어깨를 잡은 손에 힘을 주었다.

"너희 둘은 바닷속을 탐험하고, 난 연극을 향해 나가는 거야. 어떠냐?"

"그거 좋지."

한울과 해수가 고개를 끄덕였다. 세 친구는 서로를 보며 환하게 웃었다.

동규는 두 친구가 쌍둥이라는 것을 자연스럽게 받아들였다.

한울과 해수는 쌍둥이 형제라는 것을 알고 나니 생각하는 것도, 하고 싶은 것도, 좋아하는 음식도 비슷하다는 것을 알게 됐다. 왼손잡이라는 것도 닮았다. 둘은 닮은 점이 많았다.

한울과 해수는 같이 있는 시간이 점점 늘어 갔다. 서로의 꿈에 대해서도 진지하게 이야기했다. 한울 꿈은 해저 탐사대 원이 되는 거였고, 해수 꿈은 의사에서 심해생물연구원으로 바뀌었다. 두 친구는 서로 비슷한 꿈을 향해 함께 가자는 약속도 했다.

세 친구의 꿈

해수와 한울은 중간고사가 끝나는 10월 마지막 주말에 잡은 사량도 스쿠버 투어를 기다리고 있었다. 사량도 투어는 쌍둥이라는 것을 알고 난 후 함께하는 투어였기에 더욱 기대가 컸다.

한울은 시간 나는 대로 거북선에 대한 자료가 실려 있는 조선왕조실록을 읽기 시작했다. 책을 잘 읽지 않았던 한울은 조선왕조실록을 읽으면서 책 읽는 재미에 빠져들었다. 특히 거북선에 대한 글은 한울의 관심을 끌기에 충분했다. 해수는 틈틈이 바다 생물 책을 찾아 읽으면서 외국에서 발견된 난파선에 대한 자료를 수집했다. 동규는 연극에 빠져 있었다. 동규는 연극 연습을 하느라 정신이 없었다.

동규의 연극 공연을 한 주 남겨 놓은 토요일 오후였다.

한울과 해수는 동규가 연극 연습을 하고 있는 청소년문화의 집으로 갔다. 무대에 올릴 공연을 연습한다고 주말마다 문화의 집에서 살다시피 하는 동규를 응원하기 위해서였다.

한울과 해수가 문화의 집 강당 문을 열고 들어섰을 때 무대에서는 연극 연습이 한창이었다. 두 친구는 맨 뒷좌석에 앉았다. 해수가 무대 위를 살피며 소곤거렸다.

"똥규는 어디 있는 거야?"

"무대 뒤에서 준비하고 있겠지. 녀석, 우리가 왔을 거라고는 생각 못 할 거다."

한울도 무대 위를 살폈다.

한울과 해수가 온 것을 동규는 모르고 있었다. 연극의 끝부분인데도 동규는 보이지 않았다.

"똥규 녀석, 우리한테 뺑친 거 아냐?"

그때였다.

"망… 개… 떡! 망… 개… 떡!"

모자를 푹 눌러쓰고 허름한 옷차림을 한 덩치 큰 망개떡 아저씨가 다리를 절면서 나타났다. 그런데 큰 덩치와 달리 목소리는 목구멍 속으로 들어가고 있었다. 걸음은 왜 그렇게 빠른

지 휙 하니 무대를 가로질러 지나가 버렸다.

"쯧쯧, 저 망개떡 아저씨 누군지 무대를 망쳐 버리네."

해수가 중얼거렸다.

"그러게. 저렇게 떨어서 어떻게 연극을 한다는 거야? 내가 해도 저 녀석보단 낫겠네."

한울은 비웃음을 흘렸다.

그때 대본을 든 형이 망개떡 아저씨 귀를 잡고 걸어 나왔다.

"야! 어찌 된 게 망개떡 하나도 제대로 못 외치냐? 그만큼 연습을 했으면 이젠 제대로 해야 할 거 아냐? 아휴 답답해서 미치겠네."

"형, 죄송해요. 무대에만 올라가면 떨려서… 목소리가 쏙 들어가 버려요. 이번에는 진짜 잘할게요."

"야, 이번이 몇 번째야! 맨날 이번에는 잘할게요. 이번에는 잘할게요. 제발 말하는 만큼만이라도 잘해 봐라. 연극 올릴 날도 얼마 안 남았는데… 배우를 교체할 수도 없고. 인마, 좀 잘해 보란 말이야!"

형이 대본으로 망개떡 아저씨 머리를 툭툭 쳤다. 그때 대본에 걸려서 모자가 벗겨졌다.

한울과 해수 입이 벌어졌다. 망개떡 아저씨가 바로 동규였기 때문이다.

"인마, 그렇게 떨리면 네 집 거실로 생각하라고 몇 번을 얘기했냐? 네가 너무 떨어서 중간에 있는 대사를 다 빼줬잖아. 겨우 '망개떡' 대사를 못 해서 연극을 망치려고 하냐. 정 안 되면 망개떡 아저씨는 뺀다."

"아, 아니에요. 형, 진짜 잘할게요. 진짜예요. 이번 한 번만, 진짜 한 번만 봐주세요."

동규가 대본을 들고 있는 형에게 사정을 했다.

"좋아. 지금 1시 넘었으니까 점심 먹고 한번 더 해 보자. 이번에도 안 되면 빼는 거다. 이제 일주일밖에 안 남았어. 더 이상안 봐준다!"

"아, 알았어요. 형, 고마워요."

"짜샤, 제대로 좀 해 봐. 쟤네들 보기에 창피하지도 않냐?"

형은 다른 애들을 돌아봤다.

"너희들은 점심 먹고 2시에 다시 강당으로 모여라. 동규, 넌 연습 더 하고!"

"네."

형이 나가자 동료들은 동규 눈치를 보며 강당을 빠져나갔다. 동규는 털썩 그 자리에 주저앉았다.

한울은 무대 위에 고개를 숙이고 앉아 있는 망개떡 아저씨를 보며 중얼거렸다.

"짜식, 완전 삥쳤잖아. 자기가 없으면 무대가 살지 않는다고……."

해수는 아무 말 없이 동규를 바라봤다.

그때였다.

"망개떡! 망개떡!"

동규 목소리였다. 동규는 소리를 지르더니 대본을 바닥에 내던졌다.

"씨발, 연습할 때는 잘되는데 왜 무대에 오르기만 하면 안 되는 거야. 정말 미치겠네."

동규는 벌떡 일어서더니 무대 뒤로 갔다.

적막감이 무대를 감쌌다.

"망개떡! 망개떡!"

망개떡 아저씨가 된 동규가 다리를 절면서 무대 위로 나타났다. 동규는 객석을 보며 윙크를 보내고는 혼자서 껄껄껄 큰 소리로 웃었다. 그러고는 다시 심각한 표정을 지으며 망개떡을 외쳤다. 진짜 망개떡 아저씨를 보는 듯했다.

무대 뒤로 사라졌던 동규가 다시 나와서 소리쳤다.

"에이시, 연습할 땐 잘되는데 왜 진짜 무대라고 생각하면 목소리가 작아지냐고? 망개떡! 망개떡!"

동규가 객석을 바라보고 있을 때 해수가 박수를 치며 자리에서 일어섰다.

"와! 잘하네."

"해, 해수야, 어쩐 일이야? 니들, 언제 왔어?"

"방금."

해수가 대답했다.

"망개떡! 망개떡!"

한울이 소리치며 무대로 걸어 나갔다.

"야, 니들 다 봤어? 에이시, 창피하게 왜 보냐?"

"네가 얼마나 잘하고 있나 구경하러 왔다가 봤다. 진짜 잘하
는데. 완전 배우 다 됐네. 스타 탄생이다."

"스타는 뭔 스타."

동규 목소리에는 힘이 없었다.

"혼자 잘하면 뭐 하냐? 무대에서 잘해야지. 혼자는 잘하는
데 무대에 서면 대사가 목구멍에 걸려 버려. 진짜 미치겠어."

"처음부터 잘하는 사람 있냐?"

해수가 동규 어깨를 툭 쳤다.

"자, 우리가 관객이라 생각하고 해 봐. 객석에 꽉 찬 관객들
이 모두 너를 보고 있다고 생각해. 한울과 내가 객석에서 봐 줄
게."

"야, 어떻게 하냐? 창피하게."

그때 한울이 소리쳤다.

"똥규, 너 그렇게 소심했냐? 1분짜리 무대에서 '망개떡' 대사
도 제대로 못하면서 뭔 연극배우냐?"

"너도 해 봐라 맘같이 잘되나! 씨발!"

"아무리 그래도 그렇지 너보단 낫겠다. 인마, 당장 때려치고
그냥 분식집 사장이나 해라."

동규가 한울을 노려봤다.

"에이시, 뭐? 너희들 언제 온 거야? 다 봐 놓고 안 본 척하
냐? 인마, 할 거다. 끝까지 해서 나도 잘한다는 걸 꼭 보여주고
말 거다. 연극배우 할 거라고!"

"그럼, 해 보든가."

한울은 객석 의자로 가서 털썩 앉았다.

"여동규, 넌 할 수 있어. 아까처럼 해 봐. 왜 못하냐고. 무대
가 별거냐? 여동규 무대로 만들면 되지. 여동규 무대."

무대로 올라온 해수는 동규 어깨에 팔을 걸쳤다. 그러고는
힘을 주었다. 동규가 고개를 끄덕이고 난 후 무대 뒤로 걸어갔
다. 해수는 무대에서 내려와 한울 옆에 앉았다.

동규는 무대 뒤에서 두 친구에게 소리쳤다.

"야, 니들 확실하게 코치해 주기다. 제대로 안 하면 죽는다!"

"인마, 내가 누구냐? 봐주는 거 없다."

한울이 대답했다.

다시 조용해졌다. 무대도 객석도. 두 친구의 숨소리조차 들리지 않았다.

잠시 후, 망개떡을 외치는 소리가 들렸다. 여전히 목소리는 떨리고 있었다. 동규가 무대 앞으로 나왔다.

"망개떡… 망개떡…."

가만히 앉아서 동규를 바라보던 한울이 무대 위로 올라갔다.

"야, 똥규, 도시락 배달할 때 기억나지? 그때 할머니, 할아버지들이 너를 보면서 좋아했잖아. 그때처럼 하라고! 할머니 할아버지들이 우리에게 고맙다고 초코파이도 주고 사탕도 주고 그랬잖아. 네가 망개떡! 망개떡! 외치면서 지나갈 때 네 망개떡을 사고 싶은 생각이 들게 해 보라고. 잘해야 한다는 생각, 못하면 어떡하지 하는 생각, 그런 복잡한 생각은 접어두란 말이야. 연극배우 되고 싶다며? 진짜 연극배우가 되고 싶은 거냐? 씨발! 그럼 제대로 해야 할 거 아냐?"

"네가 직접 해 봐라 그렇게 쉽냐? 이왕 하는 거 잘하고 싶지 못하고 싶겠냐?"

한울은 동규를 보며 소리쳤다.

"인마, 잘하고 싶은 녀석이 그러냐? 너, 망개떡 하나 못 외치면서 연극하려고 그러는 거냐고? 연극을 때려치워라!"

동규는 한울을 째려봤다. 동규의 눈은 한울 눈동자를 뚫고 들어갈 것만 같았다.

동규 눈은 눈물이 금방 떨어질 것처럼 빨개졌다.

"짜식, 자기는 하지도 않으면서 큰소리치기는. 씨발! 할 거다. 하고 말 거다! 네가 미워서라도 하고 말 거라고!"

동규는 손등으로 눈을 쓱 닦고는 무대 뒤로 들어갔다.

침묵이 흘렀다.

한울은 무대에서 내려와 의자에 앉았다. 옆에 앉은 해수가 한울 귀에 대고 속삭였다.

"야, 너무 심한 거 아냐?"

"저 자식이 욕 나오게 하잖아. 하려면 제대로 하든가. 나중에 나한테 고맙다고 할 거다."

"그래도 심했어. 동규 녀석, 눈물 맺힌 거 처음 봤다."

"나도 처음 봤어. 괜히 찔리네. 에이시."

그때 무대 뒤에서 망개떡 소리가 들렸다.

"망개떡! 망개떡!"

동규가 망개떡을 외치며 나왔다. 모자를 푹 눌러쓰고 다리를 절면서 망개떡을 외쳤다. 흰 눈동자가 붉게 변해 있었다. 망개떡을 외치는 동규는 진짜 망개떡 아저씨가 되어 있었다.

해수가 한울 귀에 대고 속삭였다.

"뭐야, 저 녀석 잘하잖아."

한울은 아무 말 없이 무대를 바라봤다.

"똥규, 잘한다!"

해수가 소리쳤다.

"똥규야, 잘했어. 그 정도면 됐어. 정말 잘했어. 뭐 먹어야지? 연습도 먹으면서 해야 힘이 나는 거야."

"됐어. 난 더 연습할래. 너희들이나 먹고 가라."

"야, 너 화났냐?"

해수가 동규를 보며 물었다.

"아냐. 시간도 얼마 안 남았고 더 연습해야지."

그때 연극 동아리 일행들이 하나, 둘 들어오기 시작했다.

한울과 해수는 자리에서 일어났다.

"똥규, 우리 간다."

"잘 가."

동규 대답은 짧았다.

"똥규, 진짜 화난 거 아냐?"

해수가 한울을 보며 물었다.

"짜식, 정신 차리고 제대로 하라고 한 거야. 연극 끝나면 맛난 거 사 주지 뭐."

"똥규, 진짜 연극하고 싶은가 봐. 무대에서 똥규, 완전 달라 보였어."

한울은 고개를 끄덕였다. 한울이 보기에도 동규는 변해 있었다. 장난치고 실없는 소리를 하던 동규가 아니었다.

한울과 해수는 말없이 걸었다.

"이번 사량도 투어 어떨 거 같냐?"

해수가 한울을 보며 물었다.

"사량도는 처음이라서 기대하고 있어."

"진짜, 기대된다."

해수는 하늘을 올려다봤다.

10월 마지막 주가 되자 갑자기 비가 내리기 시작하더니 이틀째 계속 쏟아지고 있었다.

동규는 학교를 마치면 곧바로 청소년문화의 집으로 갔다. 선생님도 동규가 하는 연극 공연이 얼마 안 남았다는 것을 알고 자율학습에서 빼주었다.

29일 금요일에는 오전수업을 했다. 동규는 바로 문화의 집으로 갔고, 한울과 해수는 공연시간에 맞춰서 문화의 집으로 향했다. 두 친구는 동규가 망개떡 아저씨 역할을 어떻게 해낼지 궁금했다. 한울과 해수가 문화의 집으로 찾아갔던 주말 이후로 동규는 연극에 대해서 한마디도 언급하지 않았다.

문화의 집에는 학생들과 어른들이 하나, 둘 들어오면서 시끌 벅적했다. 주민자치센터 복지관 차에서 내린 어르신들로 강당이 꽉 찼다.

시간이 되자 음악 소리가 나왔고, 청소년 동아리 학생들이 무대를 채우며 자신들이 연습한 것을 보자기 풀듯 하나씩 풀어냈다. 노래, 댄스, 마술, 에어로빅 등. 어르신들 박수 소리와 웃음소리가 그칠 줄 몰랐다. 한울과 해수도 학생들 무대에 푹 빠져들었다.

"학생들 맞아?"

"진짜 잘한다."

관람객들 입에서 탄성이 새어나왔다.

청소년 연극 동아리팀 연극이 소개되자 해수가 한울을 보며 중얼거렸다.

"내가 다 떨린다. 똥규 녀석, 잘해야 할 텐데……."

"열심히 연습했으니 잘하겠지."

한울은 괜찮은 척했지만 걱정됐다.

'똥규 녀석, 잘해야 하는데……'

한울은 동규에게 했던 말 때문에 목에 가시가 걸린 것처럼 마음이 찜찜했다.

무대가 열리고 연극이 시작되었다.

80년대 이야기를 각색한 연극으로 그 당시 학생들 이야기를 해학적으로 풀어내고 있었다. 연극 중간중간에 할머니 할아버지들 웃음소리가 터져 나왔다.

동규는 월남전에서 다리를 다친 아저씨가 가족을 먹여 살리기 위해서 망개떡 장사를 하는 아저씨 역할이었다. 동네를 돌아다니면서 망개떡을 파는 아저씨. 망개떡은 아저씨 가족들의 하루 끼니를 해결하고 있었다. 할머니 할아버지들의 훌쩍이는 소리가 객석을 메웠다. 마지막 한 장면만 등장하기로 했던 망개떡 아저씨는 연극 중간중간에 등장하며 관객들에게 웃음과 눈물을 주었다.

"누구네 집 아들인지 참 잘하네."

"그러게 말이야. 진짜 망개떡 아저씨구먼."

"우리 어릴 때는 망개떡 아저씨가 저녁 어스름한 골목을 다녔어. 저렇게 망개떡을 외치면서 말이야."

"그러게 말이야. 요즘은 잘 볼 수 없으니……."

"오늘은 망개떡이나 먹었으면 좋겠네."

할머니, 할아버지들 이야기가 한울과 해수 귀로 들어왔다. 두 친구는 서로를 보며 눈웃음을 지었다.

한울과 해수는 연극을 마친 동규와 잠깐 이야기를 나누고 헤어졌다. 동규는 연극동아리 학생들과 함께 뒤풀이를 간다고 했다.

한울은 한밤중에 동규 전화를 받았다.

"한울, 잠 안 자고 뭐 하냐?"

"뭐 하긴. 내일 사량도 투어 준비하지."

"내일 투어 가는 거야? 근데 사량도는 어디 있는 섬이냐?"

"통영에서 배 타고 가는 곳이야."

"그래? 나, 따라가도 돼?"

"당연하지. 왜 이제 슬슬 스쿠버 해 보려고?"

"됐어. 연극도 잘 끝냈고, 단짝 친구들과 10월 마지막 주말을 보내고 싶어서 그런다."

"10월 마지막 주말을 같이 보내면 좋지. 근데 너 정말 투어 갈 거야?"

"네가 스쿠버 하라는 말만 안 하면 간다."

"야, 당연하지. 넌 연극하잖아. 연극으로도 충분하지 않냐?"

"그래. 난 연극 하나로 충분해."

"내일 아침 8시에 너희 집 앞으로 갈 테니까 나와. 몸만 나와라."

"알았어. 낼 보자."

아침 7시 30분에 일어난 한울은 전날 챙겨놓은 스쿠버 가방을 차에 실었다. 아빠가 짐을 차에 싣자 운전대를 잡은 엄마는 차를 출발시켰다. 신시가지에서 동규를 태우고, 마린시티에서 해수를 태워 통영으로 차를 몰았다.

코털마린 아저씨는 차돌 아저씨와 남방돌고래 아저씨, 그리고 백상아리 아저씨를 태워서 출발한다고 했다. 거가대교를 지나 통영 가오치 선착장에 도착하니 10시 10분이었다. 조금 있으니 코털마린 아저씨 차가 도착했다. 표를 끊고 차 두 대를 배에 실었다.

사량도 선착장은 작은 어촌을 연상시켰다. 15분 정도 차를 타고 가는 길에 한울과 해수, 동규뿐만 아니라 일행들은 입을 다물지 못하고 함성을 질렀다.

"우와! 진짜 멋있다. 바다와 산이 완전 그림이다. 그림."

동규가 창밖을 내다보며 소리쳤다.

오른쪽으로 깎아지른 벼랑 사이로 해풍에 시달린 노송이 아슬아슬하게 매달려 있는가 하면 바위 능선을 싸고 있는 숲은 기암괴석과 절묘한 조화를 이루었다. 숲과 바위로 이루어진 능선은 뱀의 몸뚱이처럼 길게 뻗어 있었다. 왼쪽으로는 올망졸망한 섬들이 잔잔한 바다 위로 툭툭 던져진 듯 멋스럽게 자리 잡고 있었다.

고개를 두 개 넘으니 작은 선착장이 보이고, 삼삼오오 모여 있는 작은 집들이 나타났다. 20여 호 정도 되는 작은 마을 입구에 '지리산 마을'이라는 글이 새겨진 커다란 바위가 보였다.

선착장 앞, 공터에 차를 세웠다. 차에서 내린 일행들은 짐을 들고 '지리산 스쿠버 샵'이라는 자그마한 나무 팻말이 보이는 골목으로 갔다. 작은 골목은 야트막한 오르막으로 휘어져 있으며 돌담을 따라 들어가자 막다른 골목 안에 2층 집이 나왔다. 스쿠버 샵이었다.

일행들은 지리산 스쿠버 샵 1층에 스쿠버 장비를 내려놓고 개인 짐을 가지고 2층으로 올라갔다. 2층에는 마당처럼 넓은 공간이 있고 안쪽은 숙소였다. 탁자와 의자가 놓여 있는 2층에서 바라보는 바다는 탄성을 자아내기에 손색이 없었다.

한울과 두 친구는 소리쳤다.

"우와~ 멋있다."

"그림이다. 그림."

"한 폭의 풍경화가 따로 없군."

확 트인 풍경에 일행들 모두 환호성을 질렀다.

"자자, 환호성은 나중에 지르고 바닷속을 누비러 가야지요."

한울 아빠가 일행들을 둘러봤다.

"넵! 사량도 바닷속을 접수하러 갑시다."

역시나 차돌 아저씨가 제일 먼저 1층으로 뛰어 내려갔다. 일행들은 장비를 챙기고 선착장으로 나갔다.

새로운 바닷속을 구경한다는 생각에 기분이 좋은지 일행들 손발은 척척 잘 맞았다. 햇살도 일행들을 반겨주는지 따뜻했다.

선착장에는 보트가 기다리고 있었다. 일행들은 보트에 공기통과 장비를 싣고 자리 잡고 앉았다. 보트는 커다란 엔진 소리를 내며 출발했다. 한울과 해수는 보트 끝에 앉아 사량도 바다 냄새와 바닷바람을 만끽했다. 구명조끼를 입고 보트 안에 앉은 동규가 한울과 해수를 바라보며 엄지손가락을 치켜세웠다.

"역시 내 친구들, 멋있다."

"똥규, 너도 이쪽으로 와."

"됐어. 난 여기가 더 좋아."

보트를 처음 타는 동규는 겁을 먹고는 한쪽 구석에 앉아 꼼짝하지 않았다.

섬을 벗어난 보트는 커다란 파도를 일으키며 전속력을 냈다. 25분 정도 달리자 검푸른 바다 위에 작은 바위섬이 나타났다. 보트는 바위섬 앞에 멈췄다. 선장이 일행들을 보며 입수할 포인트라고 했다.

일행들은 일렬로 서서 공기통과 장비를 바위에 내렸다. 장비를 다 내린 보트는 네 시간 후에 다시 오기로 하고 엔진 소리를 요란하게 내며 멀어졌다.

"역시 주말에는 도시를 벗어나야 하는 거야."

차돌 아저씨가 소리쳤다.

"와! 좋다. 역시 난 바다가 좋아!"

코털마린 아저씨도 소리쳤다.

"망망대해 바위섬 위에 있다는 것만으로도 짜릿한데요."

남방돌고래 아저씨도 일행들을 보며 눈웃음을 지었다. 한울
과 해수, 동규는 서로를 바라보며 활짝 웃었다.

"좋다!"

동규가 소리쳤다.

"자연의 맛이란 건 직접 느껴봐야 알 수 있는 거야."

한울은 동규를 보며 두 팔을 들어 보였다.

"고맙다. 대자연의 맛을 느끼게 해 줘서."

동규도 바다를 바라보며 양팔을 벌렸다. 한울 아빠가 일행
들을 돌아봤다.

"자, 이제 장비를 챙기고 탐험을 떠나 볼까요?"

"사량도 바닷속을 샅샅이 탐험해 보자고."

차돌 아저씨가 장비를 세팅하기 시작했다. 일행들도 장비를
세팅하며 노래를 흥얼거렸다. 해수는 평평한 바위에 앉아 있는
동규를 바라봤다.

"똥규, 혼자 있을 수 있지?"

장비를 세팅하고 있는 일행들을 바라보던 동규가 고개를 끄덕였다.

"당연하지. 이 망망대해를 봐라. 내 눈이 호강하고 있잖냐. 난 바위에 앉아서 로댕이 되어 볼란다. 내 미래 연극을 생각하면서……."

"짜식, 연극인이 다 됐네."

한울은 동규를 보며 웃었다.

"그래. 연극도 잘 끝냈으니 사색이 필요하지. 우리가 나올 때까지 사색하고 있어라."

세팅을 다 끝낸 일행들은 입수를 하기 위해 바다로 뛰어들었다.

"시야가 맑아 잘 보이네요. 각자 자기 버디와 함께 바닷속 탐험을 마음껏 즐기고 나오시기 바랍니다."

한울 아빠는 일행들에게 버디를 한 번 더 짚어 주었다.

"차돌님 버디는 남방돌고래, 백상아리님 버디는 코털마린, 한울 버디는 해수, 저는 남 강사와 버디가 되어 입수하도록 하겠습니다. 바닷속에서는 서로 같이 다니도록 하세요."

일행들은 한울 아빠의 입수 신호에 따라 바닷속으로 들어갔다.

한울과 해수는 바위에 있는 동규를 보며 손을 흔들어 주고 하강했다. 바닥에 내려앉은 한울은 해수 오른손을 잡았다.

맑은 시야, 사량도 바닷속에도 뿔소라와 성게가 많았다. 바위 구멍에 눈을 내놓고 있는 문어도, 발 한쪽을 내놓았다가 해수를 보고 구멍 안으로 슬쩍 집어넣는 문어도 두 친구를 웃게 만들었다. 해초 사이를 떼 지어 다니는 작은 물고기들, 혼자서 바위 사이를 유유히 다니는 물고기, 바위에 촘촘히 붙어 있는 작은 고둥들, 멍게와 홍합들도 바위 곳곳에 자리 잡고 있었다. 한울은 해수를 잡은 손에 힘을 주었다. 해수도 손에 힘을 꽉 주었다. 둘은 손을 잡고 천천히 핀 킥을 차며 바닷속 세상을 구경했다.

백상아리 아저씨는 여전히 불가사리들을 잡아 망태에 넣고 있었다. 한울과 해수도 불가사리를 잡아 아저씨 망태에 집어넣었다. 백상아리 아저씨는 두 친구를 보며 엄지를 치켜세웠다. 한울과 해수도 엄지를 치켜세우고는 바위를 돌아서 앞으로 나갔다. 차돌 아저씨와 남방돌고래 아저씨가 바위를 붙잡고 구멍을 보고 있었다. 구멍 안에는 두 눈을 끔뻑이는 문어가 아저씨들과 눈싸움을 하고 있었다. 한울 아빠와 한울 엄마도 바위 주변을 살피며 바닷속 풍경을 만끽하고 있었다.

한울과 해수는 자신들이 입수했던 곳으로 되돌아왔다. 백상아리 아저씨와 코털마린 아저씨가 보였다. 백상아리 아저씨 망태기에는 불가사리가 가득 담겨 있었다. 백상아리 아저씨가 엄지손가락을 위로 올렸다. 해수와 한울도 엄지손가락을 올리고 상승했다. 수면 위로 올라온 한울은 바위를 바라봤다. 동규가 턱을 괴고 앉아 먼바다를 보고 있었다. 한울은 호흡기를 뺐다.

"저 녀석, 진짜 사색을 즐기고 있네."

해수도 호흡기를 빼며 말했다.

"그러게. 혼자서도 잘 있네."

"야, 똥규!"

한울은 동규를 부르며 손을 흔들었다. 동규도 두 친구를 보더니 양손을 흔들었다. 잠시 후에 차돌 아저씨랑 한울 아빠 일행도 모습을 드러냈다.

주변이 시끌벅적했다.

"난 스쿠버는 절대 못할 거 같다."

동규가 두 친구 장비를 끌어올렸다.

"왜? 얼마나 재미있는데."

"내 몸이 물속으로 들어갔다간 나오기 힘들 것 같단 말이야. 생각만 해도 겁이 난다니까. 너희들이 스쿠버를 즐기는 걸 보니 부럽긴 하지만 내가 할 일은 연극인 것이 확실한 것 같다."

"혼자서 사색하더니 연극에 자신감이 생겼나 보네. 짜식."

해수가 동규를 보며 웃었다.

일행들은 장비를 정리하며 자신들이 봤던 바닷속 풍경 이야기를 풀어냈다. 그때 보트가 다가왔다.

저녁을 먹은 세 친구는 밖으로 나와 달빛을 받아 반짝이는 바다를 내려다봤다.

의자에 앉은 동규가 양팔을 벌렸다.

"와, 멋있다!"

"진짜 좋네."

해수도 활짝 웃었다. 동규가 고개를 돌려 숙소를 보며 말했다.

"저녁을 너무 많이 먹어서 배 터지겠어. 백상아리 아저씨, 원래 저렇게 요리를 잘하는 거야? 완전 맛있어."

한울은 불룩한 배를 툭툭 두드렸다.

"백 셰프라고 부르잖아. 투어를 오면 요리는 백상아리 아저씨가 맡아서 한다니까."

"진짜, 진짜 맛있어. 어떻게 저렇게 요리를 잘하지. 나, 분식점 때려치우길 잘한 거 같다."

한울이 동규 어깨를 쳤다.

"야, 너, 분식점 차리기라도 했냐? 때려치우게."

"히히히. 그렇단 말이지. 백 셰프 아저씨처럼 요리를 잘하는 사람 앞에서 난 졌다 졌어. 이젠 연극이나 열심히 해야겠다."

"똥규, 연극 제법이던데."

해수는 동규를 보며 엄지손가락을 치켜세웠다.

"내가 누구냐? 동규잖어. 여동규! 앞으로 연극계는 여동규의 시대가 온다. 짜자잔! 짜잔!"

한울도 엄지손가락을 들어 보였다.

"똥규, 진짜 잘했어. 완전 달라 보이더라."

한울은 동규를 보며 씨익 웃었다.

"망개떡! 대사 하나로 할머니 할아버지들을 웃기고 울리는 걸 보니까 넌 연극에 소질이 있는 거 같더라."

"맞아, 맞아. 할머니들이 너 보고 싶다고 망개떡! 망개떡! 소리치는데 한울과 나도 소리쳤다니까. 망개떡! 망개떡!"

"자식들, 고맙다. 내 꿈은 망개떡이다. 아, 아니. 망개떡 배우다."

"뭐? 망개떡 배우? 하하하."

"해수야, '망개떡 배우 여동규' 지금 말을 꼭 저장해 놔라. 나중에 동규가 대스타가 됐을 때 망개떡 이야기 꼭 해 줘야 할 거 아냐."

"당연하지. 망개떡이 동규를 대스타로 만들어 줄 거니까. 하하하."

해수도 동규도 큰소리로 웃었다.

"좋다. 뭐 까짓 거, 대스타가 되는데 망개떡 하지. 하하. 망개떡! 망개떡!"

"하하하!"

밤하늘에 세 친구 웃음소리가 울려 퍼졌다.

"야, 우리 약속 한 가지만 하자."

동규가 두 친구를 보며 말했다.

"언제가 될지 모르지만 나는 연극배우, 너희들은 해저탐험가와 해양생물학자가 되어서 다시 여기 사량도에서 모이는 거야. 어때?"

"그거 좋지."

"나도 좋아."

세 친구는 바다에 비친 달을 내려다보며 각자 생각 속으로 빠져들었다. 파도 소리는 음악 소리가 되어 세 친구를 응원해 주었다.

나무섬 투어

겨울비가 추적추적 내리는 을씨년스러운 날이 계속되더니 어느 순간 봄 날씨처럼 따뜻해졌다. 언론에서는 이상 기후가 계속되고 있다고 떠들어댔다.

해수는 크리스마스 연휴 때 잡은 스쿠버 투어를 기다리고 있었다. 특히 한울과 함께하는 바닷속은 모든 것이 새로웠다.

해수는 바다가 좋았다.

해초 향기를 담은 바닷바람이 온몸을 감쌀 때면 바다 기운이 몸 안으로 들어왔다.

상쾌했다.

온전히 바다를 느끼기 위해 눈을 감았다. 편안했다.

태초부터 존재했던 바다는 인간들을 먹여 살렸고 탐험 세계로 이끌었다. 인간들에게 희망을 주었으며, 인간들을 연결하는 통로 역할을 했다.

바닷속 탐험은 아직도 풀리지 않은 과제로 남아 있다. 탐험가들이 바닷속 열쇠를 풀려고 하지만 그 열쇠는 쉽게 풀리지 않았다. 그렇기에 미지의 바닷속 세계를 탐험하려는 사람들의 모험은 계속되고 있다.

'바다는 알면 알수록 매력덩어리로 뭉쳐 있어. 이 매력들을 풀어 헤친다면… 대단할 거야.'

바닷속 세계를 상상하는 것만으로도 가슴에서 화산이 분출하듯 맑은 기운이 뿜어져 나왔다.

'지구의 절반 이상인 바다를 탐험하는 것, 해 볼 만한 일이야.'

해수는 눈을 뜨고 고개를 돌렸다. 한울과 눈이 마주쳤다.

'한울과 바닷속을 탐험한다면……'

해수는 눈웃음을 지었다. 한울도 살짝 눈웃음을 보냈다. 해수는 한울과 처음 가는 나무섬 투어를 기대하고 있었다. 선착장에서 한울을 봤을 때 괜히 기분이 좋아서 콧노래를 흥얼거렸다.

바다는 잔잔했다. 보트는 물살을 가르며 앞으로 나갔다.

따가운 햇살, 상큼한 바닷바람, 잔잔한 바다는 일행을 반겼다. 일행도 시원한 바닷바람을 맞으며 들뜬 마음을 서로 달랬다.

50분 동안 바다 위를 달린 보트는 나무섬을 한 바퀴 돌고 나서 평평한 바위 앞에 멈추었다. 바위에 부딪히는 파도 때문에 보트가 중심을 잡으려는 듯 흔들렸다. 하지만 일행은 능숙하게 스쿠버 장비와 공기통을 바위 위로 옮겼다. 일행들을 내린 보트는 일요일 정오에 다시 오기로 하고 커다란 엔진 소리를 내며 사라졌다.

나무섬은 작은 무인도다.

섬 중앙에 커다란 바위 두 개가 당나귀 귀처럼 우뚝 서 있으며, 그 주위로는 소나무들이 군락을 이루고 있다. 잡풀들이 자기들 세상을 만난 듯 자라 있었다. 억새와 잡풀 사이로 한 사람이 겨우 지나다닐 정도의 길이 만들어져 있다. 스쿠버 동호인들이 낸 오솔길이다. 오솔길을 따라 10분 정도 걸어가면 컨테이너 박스가 보인다. 컨테이너 박스 뒤로 자그마한 모래사장이 펼쳐져 있다. 햇살을 받아 반짝이는 은빛 모래는 깨알처럼 부드럽다.

일행은 스쿠버 장비를 컨테이너 박스 안으로 옮겼다. 이곳은 스쿠버 동호인들이 1박으로 투어 올 때 하룻밤 자고 가는 곳이다. 이번에는 해수 일행이 하룻밤 머물 것이다.

나무섬에서 보는 밤하늘은 그 어느 곳보다도 아름답다. 하늘을 가득 메운 별들은 사람들 혼을 쏙 빼놓을 정도로 아름다웠다.

해수는 말로만 듣던 밤하늘을 기대하며 하늘을 올려다봤다. 구름한 점 없는 파란 하늘이었다. 하늘과 바다를 바라보던 해수는 느낌으로 알 수 있었다. 나무섬에서 이틀은 해수에게 특별한 날이 될 거라는 것을.

일행들은 다이빙을 하기 위해 스쿠버 장비를 준비했다. 해수도 스쿠버 가방을 열고 장비를 꺼냈다.

호흡기를 공기통과 연결하고, BC를 매달고, 공기가 꽉 차 있는지 확인했다. 게이지 눈금은 200bar를 가리켰다. 해수는 핀과 수경을 공기통 옆에 챙겨 놓고 나서 슈트를 입었다.

그때 바다를 바라보던 한울 아빠가 소리쳤다.

"바람 방향이 바뀌면서 너울이 일고 있어요."

"오늘 파도가 없다고 하지 않았나?"

백상아리 아저씨가 한울 아빠를 향해 소리쳤다.

"네. 그런데 바람 방향으로 봐서 파도가 갑자기 세질 수 있을 거 같은데요."

그때 장비를 점검하던 차돌 아저씨가 바다를 바라보더니 불

쑥 끼어들었다.

"에이, 저건 약과지. 벼르고 벼르다가 온 나무섬 투언데 저 정도 너울로 다이빙을 포기한다는 건 너무 아쉽잖아. 한 깡 할 때까지는 괜찮을 거 같으니까 그때 결정하자고."

코털마린 아저씨도 옆에서 차돌 아저씨를 거들었다.

"전적으로 동감입니다. 한 깡 정도는 무리 없을 거 같은데요. 오늘만을 얼마나 기다렸는데… 저 정도 너울 때문에 다이빙을 포기하면 안 되죠. 지난 달 투어 때 못 가서 완전 멘붕 상태였다니까요. 그래서 모든 일정을 패스하고 이번 투어에 올인했다는 거 아닙니까."

"자네 맘 내가 잘 알지. 하하하."

차돌 아저씨가 코털마린 아저씨를 보며 크게 웃었다. 백상아리 아저씨가 너울 상태를 확인하기 위해 바닷가로 갔다.

백상아리 아저씨가 일행들을 보며 소리쳤다.

"이 정도 너울이면 가까이에서 한 깡 정도 하는 것은 괜찮겠어. 차돌님 말대로 한 깡 하고 나서 결정하자고."

한울 아빠가 고개를 끄덕이더니 일행을 바라봤다.

"이번 주말 바다는 잔잔하다고 했는데 너울이 좀 있습니다. 우선 모두들 기다리던 다이빙이기 때문에 한 깡 하고 와서 다음 일정을 잡도록 하겠습니다. 다들 자신들 버디는 알고 있죠?"

"예썰! 소중한 버디를 모른다면 말이 안 되지."

차돌 아저씨가 제일 먼저 대답했다. 한울 아빠가 말을 이었다.

"버디를 잃어버리는 일 없이 서로 잘 챙기시기 바랍니다. 조류 방향을 잘 인지하면서 다니세요. 그럼 다 챙긴 팀부터 바다로 들어가도록 하겠습니다."

한울 엄마가 차돌 아저씨와 남방돌고래 아저씨, 코털마린 아저씨와 함께 바다로 걸어 들어갔다. 한울 엄마는 바닷물에 발을 담그기 전에 뒤돌아보며 소리쳤다.

"백상아리님, 우리 애들 잘 부탁드려요."

"걱정 말게. 한울과 해수를 옆에 매달고 다닐 테니까."

"하하하, 백상아리 옆에 매달린 쌍둥이 녀석들이 어떨지 그림이 그려지는데."

차돌 아저씨가 큰소리로 웃자 다른 사람들도 따라 웃었다. 네 사람의 웃음소리가 파도 속에 묻혔다.

한울 아빠는 장비를 챙기고 있는 한울 앞으로 다가갔다.

"한울, 다이빙이 자신 있다고 해도 바닷속에서 혼자 다니는 것은 위험하다는 거 잊지 마라. 이젠 해수가 있으니 단독 행동은 안 하겠지. 항상 버디와 함께여야 해. 알겠지?"

"네, 알았어요."

한울 아빠는 한울과 해수가 BC를 입고 공기통 메는 것을 도와주었다.

한울과 해수는 백상아리 아저씨 뒤를 따라 바다로 걸음을 옮겼다. 바닷물이 두 친구의 발을 적셨다. 그때 한울 아빠 목소리가 들렸다.

"해수야, 나무섬 처음이지? 이번 다이빙 버디는 한울이지만 백상아리 아저씨도 너희들의 버디다. 알겠지?"

해수는 왼손을 들어 보이며 소리쳤다.

"네. 버디 옆에 문어처럼 딱 달라붙어 다닐게요. 걱정하지 마세요."

한울도 아빠를 보며 소리쳤다.

"저두요."

해수는 BC에 바람을 넣고 바다 위에 누웠다. 무겁던 몸이 가벼워지자 편안한 자세로 천천히 핀 킥을 차며 앞으로 나갔다.

파란 하늘을 올려다보는 해수 마음은 설렜다. 바다 위에 떠 있는 자신이 너무 좋았다. 나무섬 바닷속을 탐험한다는 생각만으로도, 거북선이 자신 앞에도 나타날지 모른다는 생각만으로도 해수 마음을 들뜨게 했다.

한울도 밝은 표정으로 핀 킥을 차며 앞으로 나갔다. 바다에 몸을 담그는 순간 마음이 편안해졌다.

하강 위치에 먼저 도착한 한울은 아저씨와 해수가 다가오기를 기다렸다. 한울은 몸에서 힘을 뺐다.

'바다는 엄마 품처럼 편해서 좋아.'

한울은 어떤 시인의 문장을 떠올리며 눈을 감았다.

"한울, 뭐 해?"

"……."

백상아리 아저씨 목소리에 한울은 몸을 세우고 멋쩍은 듯 미소를 지었다. 해수가 도착하자 백상아리 아저씨는 두 친구를 보며 말했다.

"준비됐지? 게이지 잘 살피고 혼자 떨어지지 않도록 해야 된다. 자, 그럼 하강할까?"

해수와 한울은 고개를 끄덕였다. 그러고는 호흡기를 입에 물었다. 백상아리 아저씨가 엄지손가락을 내리며 하강 사인을 보내자 두 친구는 BC 공기를 살짝 빼며 물속으로 들어갔다. 2m 정도 내려가서 이퀄라이징을 했다.

물속에서 멈춘 백상아리 아저씨는 엄지와 검지를 동그랗게 말아 사인을 보냈다. 해수와 한울이 오케이 사인을 보내자 백상아리 아저씨는 다시 하강 사인을 보냈다.

해수는 바닥에 내려서서 무릎을 구부리고 앉았다. 삼각형 형태로 앉은 세 사람은 서로 엄지와 검지를 동그랗게 말아 오케이 사인을 보냈다. 백상아리 아저씨가 고개를 끄덕이더니 몸을 왼쪽으로 틀며 따라오라는 신호를 보냈다. 한울과 해수는 왼쪽으로 몸을 돌리고 핀 킥을 찼다.

바닷속 시야는 맑았다.

세 사람은 양팔을 깍지 끼고 핀을 차며 천천히 움직였다. 해초들은 나풀나풀 춤을 추었다. 작은 물고기들은 떼를 지어 몰려 다니고 있었다.

바위 구멍을 하나씩 차지하고 있는 성게와 소라, 돌 위를 천천히 기어 다니는 보말은 다이빙할 때마다 보는 풍경이지만 느낌이 달랐다. 새로웠다.

한울은 해수를 봤다. 해수도 바닷속 풍경에 푹 빠져 있었다.

해수 가슴은 두근두근 뛰었다. 말로만 듣던 나무섬 바닷속 풍경이 해수 마음을 사로잡기에 충분했다. 한울이 봤다는 거북선을 볼지도 모른다는 생각에 흥분이 되었다. 한울에게는 말을 안 했지만 자신이 꿈에서 봤던 난파선일지도 모른다는 생각은 해수를 더욱 흥분하게 만들었다. 해수는 자신도 모르는 사이에 공기를 빠르게 마시고 있었다.

세 사람 주위를 곡예하듯 돌아다니는 작은 물고기 떼를 보던 해수는 도서관 1층 홀에 전시됐던 그림책을 떠올렸다. 큰 물고기에게 잡아먹히지 않기 위해 떼를 지어 다니던 작고 까만 물고기가 강한 인상으로 다가왔던 책이다.

'여기 작은 물고기 무리에도 까만 물고기가 있겠지.'

해수가 생각에서 깨어났을 때 백상아리 아저씨 몸이 바위 뒤로 사라지고 있었다. 해수는 백상아리 아저씨와 한울을 놓치지 않기 위해 재빨리 핀 킥을 차며 따라붙었다. 앞서가던 백상아리 아저씨가 멈추고 두 친구를 돌아보며 게이지를 들어 보였다.

한울은 게이지를 확인했다. 눈금이 120bar에 멈춰 있었다. 한울은 양손가락을 폈다가 접고 다시 손가락 두 개를 펴서 신호를 보냈다. 아저씨가 오케이 사인을 보내고 해수를 바라봤다.

게이지를 내려다보는 해수 눈빛이 흔들렸다.

백상아리 아저씨가 해수 옆으로 다가왔다. 해수의 게이지를 잡은 아저씨 눈이 커졌다. 아저씨는 해수를 바라보며 엄지손가락을 위로 올렸다. 한울도 해수 옆으로 다가와서 해수의 게이지를 봤다. 게이지 눈금이 50bar에 멈춰 있었다. 한울도 해수를 봤다. 해수는 양손을 들어 보였다. 자신도 알 수 없다는 듯.

백상아리 아저씨는 두 친구를 보며 다시 한 번 엄지손가락을 올렸다. 한울은 아쉬움을 뒤로하고 상승하기 시작했다. 5m 올라가서 안전 감압을 하고 상승하기를 반복하며 위로 올라갔다. 백상아리 아저씨도 해수 팔을 잡고 안전 감압을 하며 상승했다.

한울은 수면 위로 올라오자 호흡기를 뺐다. 바다는 언제 너울을 일으켰냐는 듯 잔잔해져 있었다. 백상아리 아저씨와 해수가 바다 위로 모습을 나타냈다. 백상아리 아저씨는 호흡기를 빼고 해수에게 물었다.

"어떻게 된 거야? 공기가 왜 그렇게 빨리 소모된 거야?"

"그, 그러니까요. 왜 공기가 빨리 소모됐는지 모르겠어요."

해수 목소리는 떨렸다.

"우선 밖으로 나가자. 호흡기에 문제가 있는지 확인해 봐야겠어."

백상아리 아저씨는 스노클링을 입에 물고 핀 킥을 차며 모래사장으로 향했다. 해수도 핀 킥을 찼다. 한울은 아쉬움을 달래기 위해서 햇살 좋은 새파란 하늘을 보며 천천히 핀을 움직였다.

'해수, 저 녀석 공기가 왜 50bar밖에 안 남은 거지? 호흡기에 문제가 있었나?'

한울은 알 수 없었다. 해수 공기가 빨리 소모된 이유를.

백상아리 아저씨와 일행이 나오는 것을 본 한울 아빠가 뛰어왔다.

"아니, 왜 이렇게 빨리 나오는데요?"

백상아리 아저씨가 BC와 공기통을 벗어서 내려놓았다.

"해수 공기통에 문제가 있는 거 같아. 50bar밖에 안 남았더라고. 호흡기를 확인해 봐야겠어."

한울 아빠는 해수가 밖으로 나오자 BC와 공기통을 받아 컨테이너 박스 앞으로 옮겼다. 백상아리 아저씨는 해수 호흡기와 공기통을 살피기 시작했다.

"아무 이상이 없는 거 같은데… 이상하네. 해수야, 네 호흡에 문제가 있었던 건 아니니?"

"아, 아뇨!"

해수는 뜨끔했다. 자신이 흥분했다는 걸 아저씨가 눈치챌까 봐 걱정되었다. 다이빙하면서 흥분했을 때 공기가 빨리 소모된다는 것을 책에서 봤던 기억이 났기 때문이다.

"거참, 이상하네. 아무리 봐도 이상은 없는데……."

백상아리 아저씨와 한울 아빠가 해수 BC와 호흡기를 살펴보는 동안 바닷속에 들어갔던 일행들이 하나, 둘 나왔다.

조용했던 나무섬이 시끄러워졌다.

나무섬의 밤은 차가운 바닷바람 때문인지 추웠다. 어른들은 모닥불 주위에서 삼겹살을 구워 먹으며 소주잔을 기울였다. 한울은 말없이 사라진 해수를 찾기 위해 자리에서 일어섰다.

해수는 모래사장 옆에 있는 평평한 바위에 누워 밤하늘을 올려다보고 있었다. 한울도 해수 옆에 누웠다. 밤이 깊어지자 별은 더욱더 밝은 빛을 냈다. 하늘을 꽉 메운 별들이 바다로 쏟아져 내릴 것만 같았다. 그때 별똥별 하나가 바다로 떨어졌다.

"저기 별똥별이 떨어졌어."

해수가 하늘을 가리켰다.

"나무섬에서는 자주 볼 수 있는 일이야."

해수는 한울을 돌아봤다.

"별똥별이 떨어질 때 소원을 빌면 들어준다고 하잖아. 우리 소원 빌래?"

"뭔 소원?"

한울이 심드렁하게 물었다.

"내일 난파선을 보게 해 달라고 기도하는 거야. 우리가 함께 난파선을 발견하는 거지."

"난파선… 좋지. 작년인가? 재작년인가? 서해안에서 난파선을 발견했다는 기사가 났었는데……."

"인터넷에서 봤어. 고려시대 도자기가 가득 들어 있었다고 했지?"

"응. 그런데 남해안에서는 난파선이 발견된 적이 없어."

"남해안에는 난파된 배들이 없나 보지."

해수는 한울을 보며 돌아누웠다.

"한울, 우리 이번에 별똥별 떨어지면 소원 빌어 보자. 네가 봤다는 거북선을 보게 해 달라고."

"거북선?"

"응, 네가 봤던 난파선 아니, 거북선이라고 했잖아. 분명 거북선일 거라고. 난 네 말을 믿어. 분명 네가 봤던 건 거북선일 거야."

"정말 그렇게 생각해?"

"응, 임진왜란 때 이순신 장군이 이끈 조선 수군과 왜군들이 싸웠던 곳이 남해안이잖아. 분명 남해안 바닷속 어딘가에 거북선이 묻혀 있을 거야."

한울은 일어나 앉았다.

"어떻게 내 생각과 똑같냐?"

해수도 일어나 앉았다.

"그러니까 쌍둥이지."

"맞어, 우린 쌍둥이지. 하하하."

한울은 해수를 보며 크게 웃었다. 해수도 한울을 보며 입꼬리를 올렸다.

한울은 무릎에 두 팔을 끼고 먼 하늘을 올려다봤다. 해수도 한울처럼 무릎에 두 팔을 끼고 하늘을 봤다. 많은 별들이 하늘을 빽빽이 메우고 있었다.

둘 사이에 침묵이 흘렀다.

하늘을 보던 해수는 눈을 감고 파도 소리에 귀를 기울였다. 파도 소리가 몸속으로 파고들었다.

"뭐야, 소원을 빌려고 하니까 별똥별이 떨어지지 않잖아."

한울이 중얼거렸다.

"원래 그렇다잖아. 진짜 원할 때는 안 나타나고 가만있을 때는 나타나고… 그건 그렇고 파도 소리에 귀기울여 봐. 음악 소리처럼 들려."

한울은 해수를 바라봤다. 해수는 두 눈을 감고 파도 소리에 귀를 기울이고 있었다.

'녀석, 꽤 감성적이라니까.'

한울도 눈을 감았다.

파도 소리가 귓속으로 쏟아져 내리듯 들어왔다.

그때였다.

"너희들 여기서 뭐 해? 내일 스쿠버 하려면 일찍 자야지."

한울과 해수는 소리 나는 곳으로 고개를 돌렸다. 백상아리 아저씨가 걸어오고 있었다.

"해수야, 내일 스쿠버 괜찮겠어?"

"네, 괜찮아요. 오늘은 나무섬이 처음이라 좀 흥분했나 봐요."

"그래? 나무섬이 마음에 들었나 보구나. 바닷속에서는 항상 침착해야 돼. 차분하게 움직여야지 바닷속을 오래 볼 수 있는 거야. 우리는 바닷속 손님이잖아. 바닷속 풍경을 오랫동안 즐기려면 여유가 있어야 하는 거야. 한울처럼 말이다."

백상아리 아저씨가 한울을 내려다보며 눈웃음을 지었다.

"자, 이제 들어가서 자자. 내일을 위해서. 내일은 또 어떤 바닷속 풍경이 기다리고 있을지 기대하면서 말이다."

"네."

한울과 해수는 백상아리 아저씨를 따라 컨테이너 안으로 들어갔다.

해수는 잠자리에 누웠지만 잠이 오지 않았다. 살며시 고개를 돌려 한울을 봤다. 한울은 굼벵이처럼 몸을 웅크린 채 돌아누워 있었다. 잠을 자고 있는 건지 깨어 있는 건지 알 수 없었다. 해수도 한울처럼 몸을 웅크리고 눈을 감았다.

아침 햇살과 차가운 공기가 나무섬을 에워쌌다. 일행들은 아침을 먹고 커피를 마시며 다이빙 장비를 점검했다.

"해수야, 어제 공기통에 문제가 있었다며? 오늘은 쉬지 그러니?"

"괜찮아요. 어제는 바닷속 아름다움에 너무 흥분했었나 봐요."

"그랬다면 다행이다만 바닷속에서 문제가 생기면 바로 상승해야 한다."

한울 엄마가 해수를 보며 말했다.

"네, 걱정 마세요. 한두 살 먹은 어린애가 아닌걸요."

"해수, 너도 이젠 한울처럼 말하는 거 알고 있니?"

"제가요? 언제요?"

"어머머, 어쩜 말하는 것도 똑같니?"

"그러니까 쌍둥이지 달리 쌍둥이겠어. 하하하."

차돌 아저씨가 한울 엄마를 보며 웃었다.

"그래도 해수는 차분해서 믿음직스러운데 한울은 덜렁대서 걱정된단 말이에요."

한울이 엄마를 보며 소리쳤다.

"엄마, 갑자기 내 얘기가 왜 나와요? 내가 언제 덜렁댔다고 그래요?"

"한울, 욕지도 사건 때문에 투어 올 때마다 걱정한다는 거는

225

알고 있지?"

"엄마는 언제 적 얘길 하고 있어요? 그때는 나도 모르게 바닷속 풍경에 빠지는 바람에……."

차돌 아저씨가 한울을 보며 윙크를 보냈다.

"남 강사, 갑자기 왜 그래? 사내대장부는 강하게 커야 된다더니… 나쁜 경험도 약이 되는 거야."

"그렇지만 자꾸 걱정이 되니까 그렇죠. 요즘은 난파된 거북선을 찾을 거라고 설치니까 더 걱정되잖아요."

"와우, 거북선을 찾는다면 대박이지. 한울, 꼭 거북선 찾길 바란다. 혹시 아냐. 진짜 바닷속에 파묻힌 거북선을 찾게 될지. 한울이라면 가능성이 있을 것 같은데. 하하하."

차돌 아저씨가 한울을 보며 웃었다.

"역시, 내 마음을 알아주는 사람은 아저씨뿐이라니까요. 아저씨, 내가 거북선을 발견하면 제일 먼저 아저씨에게 알려드릴게요."

"당연히 그래야지."

차돌 아저씨와 한울이 하이파이브를 했다.

파도는 어제보다 조금 더 거칠었다. 하지만 다이빙을 포기할 정도의 파도는 아니었다.

"파도여! 오너라. 내 사랑 파도여!"

장비를 다 챙긴 차돌 아저씨가 바다를 보며 양팔을 벌리고 소리쳤다.

"파도여! 네가 나를 밀어내도 나는 너를 사랑한다."

코털마린 아저씨가 되받아쳤다. 두 분이 바닷가로 걸어가며 즉흥시를 읊조렸다. 아저씨들 목소리가 작아질 때쯤 백상아리 아저씨가 해수 옆으로 다가왔다.

"해수야, 괜찮겠어? 오늘은 파도 때문에 조류가 있을 거 같은데 다이빙을 쉬는 건 어때?"

"괜찮아요. 또 언제 나무섬에 올 수 있을지 모르는데… 조심 또 조심할게요."

백상아리 아저씨는 해수 어깨를 툭 치고는 한울을 바라봤다.

"저번에 자신만만해 하던 누구는 조류에 떠밀려 갔었지. 그러니까 너도 조심해."

한울이 백상아리 아저씨를 보며 소리쳤다.

"아저씨! 아저씨까지 왜 그래요. 그때는 진짜 이상했던 상황이라니까요. 아저씨! 자꾸 그러면……."

"하하하! 알았다 알았어. 바닷속에서는 사소한 것 하나라도 신중해야 하고 조심하지 않으면 안 된다는 말이다."

"알았다니까요."

"한울, 네 다이빙 실력을 무시하는 거 아니다. 하하하!"

"내 다이빙 실력이야 누가 뭐래도 아저씨가 제일 잘 알잖아요. 히히히."

"이 녀석이, 또 한술 더 뜨네. 더 떠. 하하하."

한울과 백상아리 아저씨 웃음소리가 나무섬을 울렸다. 한울 엄마와 한울 아빠도 두 사람을 보며 웃었다. 해수도 한울을 바라보며 눈웃음을 지었다.

장비를 먼저 챙긴 한울이 해수에게 다가갔다.

"괜찮겠어?"

"뭐가?"

해수가 한울을 보며 되물었다.

"다이빙 괜찮겠냐고?"

"당연하지."

해수는 콧노래를 흥얼거리며 장비를 점검했다.

"여기 나무섬 바닷속으로 들어간다는 생각만으로도 기분이 좋은걸. 넌 안 그래?"

"나야 당연히 좋지. 거북선을 찾는다는 생각만으로도 가슴이 두근거리는데."

"맞아. 오늘부터 우리는 바닷속 어딘가에 묻혀 있는 거북선을 찾는 거야."

한울은 해수 귀에 가까이 대고 속삭였다.

"바닷속에 숨겨진 거북선을 찾는 해양탐험대, 거북선해양탐험대! 어떠냐?"

"히야, 그거 좋은데. 거북선해양탐험대!"

해수가 한울을 보며 손바닥을 들어 보였다. 한울은 해수 손바닥에 자신의 손바닥을 부딪쳤다. 한울과 해수의 손바닥 마주치는 소리가 크게 울렸다.

버디

장비 점검을 끝낸 한울은 넙적바위 위에 누웠다.

아침 해가 내리쬐고 있어 따뜻했다. 파란하늘을 붓으로 터치해 놓은 듯한 하얀 구름과 푸른 바다.

'정말 좋다.'

"한울, 기분 좋은 거 같다."

장비 점검을 마친 해수도 한울 옆에 누우며 물었다.

"당연하지. 우리 둘이 함께할 꿈이 생겼잖아."

"뭐?"

해수가 한울을 보며 물었다

"너 까마귀 고기 먹었냐? 거북선해양탐험대 만들었잖아."

"바닷속에 숨어 있는 거북선을 찾아라! 하하하. 진짜 멋있
다."

"당연하지. 내가 누구냐? 참, 우리 탐험대에 똥규 녀석도 끼
워 줄까?"

한울은 해수를 보며 물었다.

"똥규 녀석 안 끼워 주면 섭하겠지? 끼워 주자. 똥규는 다이
빙을 못 하니까 자료 찾는 거를 맡기면 되겠다."

"그 녀석 죽을 맛일 건데… 책만 보면 잠이 온다는 녀석이잖
아."

"못 한다면 빼야지."

"킥킥킥. 어떤 표정일지 생각만 해도 웃음이 난다."

해수는 눈을 감고 아침 햇살을 그대로 맞았다.

"아, 진짜 좋다. 이래서 모두들 힐링 힐링 하나 보다."

"당연하지. 그래서 주말에는 집을 떠나 산이든 바다든 어디
로든 가야 한다니까."

한울이 해수에게로 고개를 돌렸다.

"오늘 바닷속에서 뭔가를 발견할 거 같지 않냐?"

한울은 바다를 바라보며 말을 이었다.

"왠지 거북선을 볼 수 있을지도 모른다는 생각이 든다니까.
히히히."

해수도 바다로 눈을 돌렸다.

"그러게. 거북선이 아니라 난파선이라도 발견하면 좋겠다. 우리에게 그런 행운이 있을라나……."

"그건 아무도 모르는 거야. 항상 긍정적인 생각을 가지라고 하잖아. 진짜 거북선을 발견할지 누가 알겠냐?"

한울도 해수도 말없이 바다를 바라봤다. 모래를 쓸어내리는 파도 소리가 침묵하고 있는 두 친구 사이로 끼어들었다.

차르륵 착, 차르륵 착.

"한울! 해수! 뭐 해? 다이빙 준비 다 끝낸 거야?"

백상아리 아저씨 목소리가 파도 소리를 가르며 들렸다. 둘은 동시에 대답했다.

"네!"

"빨리 움직여라. 다이빙 안 하고 하루 종일 누워 있을 거야?"

한울 아빠 목소리에 두 친구는 일어섰다.

한울 아빠가 백상아리 아저씨를 보며 말했다.

"저 녀석들이 오늘따라 뭉그적거리네요. 백상아리님, 오늘도 잘 부탁드립니다."

"두 녀석은 걱정 말고 자네 몸이나 걱정하게."

"이까짓 감기 정도야 뭐……."

"감기가 더 무섭다는 거 모르나?"

"네, 알겠습니다. 암튼, 백상아리님 덕분에 이번 투어는 제가 편합니다."

"서로 도울 수 있을 때 돕는 거지. 저 녀석들 진짜 닮은 곳이 많아. 요즘은 생각하는 것도 똑같다니까. 역시 쌍둥이는 못 속이나 봐."

"네. 저도 깜짝깜짝 놀랄 때가 많습니다."

"십육 년을 떨어져 지냈는데……"

백상아리 아저씨는 한울과 해수가 걸어오는 모습을 보며 소리쳤다.

"자, 우리도 이제 바닷속으로 들어가자!"

세 사람은 장비를 챙기고 바다로 들어갔다. 그러고는 잔잔해진 바다에 몸을 맡겼다. 핀을 살살 차면서 천천히 움직이는 모습이 자신만만하면서도 여유로워 보였다.

하강 포인트에서 멈춘 백상아리 아저씨는 한울과 해수를 바라봤다.

"자, 준비됐지? 이제 바닷속 세계를 탐험하러 내려가 볼까?"

세 사람은 오케이 사인을 보내고 바닷속으로 하강했다.

시야는 어제보다 맑았다.

멸치가 떼 지어 지나가는가 하면 자리돔 떼도 무리를 지어 다녔다. 바위에 붙은 해초와 멍게가 이리저리 몸을 흔들며 춤을 추었다.

한울은 바닷속 풍경을 하나도 놓치지 않으려는 듯 팔짱을 끼고 천천히 핀을 움직였다. 해수도 한울 옆에서 바다 풍경에 빠져들었다.

바위틈 사이로 작은 돌돔 한 마리가 보였다. 한울은 돌돔을 쫓았다. 돌돔은 해초 사이로 사라졌다. 한울은 해초를 손으로 휘저었다. 하지만 돌돔은 그 어디에도 없었다. 한울은 아쉬워하며 고개를 돌렸다. 그때 돌돔이 다시 나타나더니 한울과 해수 사이를 유유히 헤엄치며 다녔다. 해수는 한울에게 엄지손가락을 들어 보였다. 흰색 몸통에 검정색 줄무늬를 가진 돌돔이 아름다웠기 때문이다. 한울도 엄지손가락을 들어 올렸다. 돌돔은 한울과 해수 주위를 맴돌다가 바위 뒤로 사라졌다. 두 친구는 다시 바닷속 풍경으로 눈을 돌렸다.

해수는 바위 구멍에서 두 눈을 내놓고 있는 문어를 봤다. 문어는 해수를 보더니 구멍 속으로 슬금슬금 몸을 숨겼다. 해수는 문어의 작고 하얀 두 눈을 보며 엄지손가락을 치켜세웠다. 그때 뭔가에 끌리듯 고개를 들었다. 한울이 눈에 들어왔다. 해수는 한울의 눈길을 쫓아갔다. 좀 전에 봤던 돌돔이 한울 앞에서 미끄러지듯 헤엄치고 있었다. 한울이 돌돔을 쫓아 핀을 움직이자 해수도 한울을 따라 움직였다.

돌돔은 한울과 해수를 이끌듯 앞으로 나갔다.

커다란 바위를 지나자 시야가 흐려졌고 조류도 바뀌었다. 부유물이 조류를 따라 흐르면서 한울과 해수를 밀어냈다. 아래를 내려다보니 깜깜해서 아무것도 보이지 않았다. 돌돔은 조류에 아랑곳하지 않고 헤엄치고 있었다. 한울은 자신을 밀어내는 조류의 영향을 덜 받기 위해 바위에 몸을 바싹 대고 천천히 움직였다. 해수도 조류에 밀리는 자신의 몸을 바위에 의지한 채 한울 뒤로 따라붙었다. 앞서가던 돌돔이 컴컴한 바다 밑으로 사라졌다.

해수는 한울에게 돌아가자고 손짓했다. 하지만 한울은 바위를 붙잡고 돌돔이 사라진 컴컴한 바다 밑을 바라보기만 할 뿐이었다.

한울은 잠시 망설였다.

'조류도 세고 밑이 너무 컴컴해… 어떻게 하지?'

해수는 한울 팔을 쳤다. 그러고는 손짓했다. 하지만 한울은 해수의 돌아가자는 수신호를 보면서도 딴생각을 하고 있었다.

'바다 괴물이 있는 것도 아닌데… 컴컴하다는 이유로 해저탐험을 꿈꾸는 내가 괜히 겁먹으면 안 되지.'

해수는 한울 팔을 잡았다. 한울은 생각에서 깨어난 듯 해수를 바라봤다. 한울이 손을 밑으로 내리자 해수는 양손을 흔들었다. 그러고는 뒤로 손짓했다. 돌아가자고. 하지만 한울은 고집을 꺾지 않았다.

해수는 수심계를 봤다. 30m였다. 게이지는 130bar. 공기는 충분했다. 하지만 더 내려가면 공기가 빨리 소모될 것이다. 해수는 양팔을 들어 엑스 자를 만들었다. 그러자 한울이 거북선 모양을 그려 보였다. 해수는 마스크 속에 있는 한울 눈을 바라봤다. 한울 눈빛은 하강하자고 말하고 있었다.

잠시 망설였다.

해수는 동생으로서 형의 부탁을 들어주기로 하고 오케이 사인을 보냈다.

한울과 해수는 커다란 바위를 의지한 채 컴컴한 바닷속으로 하강하기 시작했다. 부유물이 점점 많아져서 바로 옆에 있는 짝도 볼 수 없을 정도였다.

한참을 내려왔다고 생각하는 순간 바닥이 보였다. 바닥에 내려앉은 한울은 수심계를 확인했다. 40m였다.

부유물을 뒤집어쓰고 녹이 쓴 망태기가 널브러져 있었다. 망태기 바로 옆에 부유물이 잔뜩 끼어 있는 물체가 보였다. 한울은 장갑 낀 손으로 부유물을 쓱 걷어냈다. 오래된 나무판이었다. 녹이 슨 창살이 박혀 있는 나무판.

한울과 해수는 주변을 살피기 시작했다. 분명 뭔가 있을 것 같은 예감이 들었다.

부유물이 잔뜩 끼어 있는 물속을 살피던 한울과 해수는 작은 빛을 발견했다. 누가 먼저랄 것도 없이 서로의 손을 잡고 빛을 향해 핀을 찼다. 자신들을 강하게 밀어내고 있는 조류를 헤치며 앞으로 나갔다.

빛은 가까이 다가갔다 싶으면 멀어졌고, 다시 가까이 다가갔다 싶으면 멀어졌다. 그래도 한울과 해수는 계속 빛을 쫓아 핀을 찼다. 마침내 빛이 가까워졌다.

한울과 해수는 잠시 멈추고 서로를 바라봤다. 겁이 났던 것이다. 한울은 심호흡을 한 번 하고 앞장섰다. 하지만 어느 순간 빛은 사라지고 없었다. 한울은 양손을 들어 보였다.

'또 사라졌어.'

해수는 고개를 끄덕이고 나서 눈길을 돌렸다. 그때 해수의 두 눈이 커졌다. 해수가 한울에게 손짓을 했다.

'저, 저기 봐.'

한울은 해수가 가리킨 곳으로 눈을 돌렸다. 흐릿하지만 커다란 물체였다. 한울과 해수는 가까이 다가갔다. 난파선이었다. 보통 배와는 달랐지만 난파선이 분명했다. 갑판 위가 나무판으로 덮여 있었으며 군데군데 구멍이 뽕뽕 뚫려 있었다. 나무판 위로는 녹슨 창살이 뾰족뾰족 튀어나왔다.

해수와 한울은 서로 마주 봤다.

한울은 예전 나무섬 투어 때 봤던 물체와 비슷하다는 생각을 했다. 그때는 자세히 살피지 못했지만 나무판 위로 튀어나온 녹슨 창살은 분명 똑같았다. 그날 이후 인터넷에서 찾아봤던 거북선을 떠올렸다. 하지만 인터넷 사진과는 뭔가 달랐다. 한울은 BC에 매달아 놓은 랜턴을 잡아당겨 불을 켰다. 그러고는 구멍 안을 비췄다.

부유물이 잔뜩 쌓여 있고, 그 위로 해초가 자라 있었다. 해초 사이로 해산물들이 보였다. 작은 물고기들도 자유롭게 다니고 있었다. 배 안을 살피던 한울 눈에 문이 보였다. 문을 이리저리 비춰보던 한울은 해수를 돌아보며 손짓했다.

배 주변을 둘러보던 해수가 한울 옆으로 다가왔다. 한울은 배 안에 있는 문을 가리켰다.

'안으로 들어가 보자.'

해수는 손을 가로저었다. 녹슨 창살이 위험해 보였다. 또, 나무판이 부서질지도 모른다는 생각이 들었다. 특히 부유물이 잔뜩 쌓여 있는 데다 해초들도 많이 있어서 어떤 위험이 도사리고 있을지 몰랐다.

한울은 해수를 봤다.

'넌 여기에서 기다리고 있어. 들어가 보고 올게.'

해수는 고개를 흔들었다.

'안 돼. 위험할지 몰라.'

'괜찮아, 살펴만 보고 나올 거야.'

해수는 한울 눈을 봤다. 간절한 눈빛이었다. 결국 해수는 고개를 끄덕였다.

한울은 기다렸다는 듯 구멍 안으로 들어갔다. 배 안은 자신이 생각했던 것보다 좁았다. 나무들은 금방 부서질 것 같아 손 댈 수가 없었다. 한울은 해초류를 걷어내던 손을 멈추었다. 밖에서 봤던 문이 보였기 때문이다. 한울은 천천히 문 앞으로 다가갔다. 그때 한울 다리를 잡는 손이 있었다. 한울은 겁먹은 눈빛으로 돌아봤다.

해수였다.

한울은 놀란 가슴을 쓸어내렸다.

'어떻게 들어왔어.'

'기다려도 안 나오잖아. 걱정이 돼서… 랜턴 불빛을 쫓아왔어.'

'들어온 지 얼마 되지 않은 거 같은데.'

'게이지를 봐.'

해수가 게이지를 들어 보이자 한울은 자신의 게이지를 확인했다. 90bar였다. 자신이 생각했던 것보다 시간이 많이 지나 있었다.

해수는 손짓했다.

'이제 나가자.'

한울은 망설였다. 앞에 있는 문을 열어 보고 싶었다. 해수는 다시 엄지손가락을 올렸다.

불안해하는 해수 눈빛을 본 한울은 고집을 부릴 수가 없었다. 한울은 밖으로 나가기 위해 몸을 돌렸다.

해수는 한울 뒤를 따랐다. 입구가 나올 거라고 생각했던 곳이 막혀 있었다. 한울은 랜턴으로 주변을 비춰 보았다. 하지만 나무판만 보일뿐 자신이 들어왔던 구멍은 어디로 사라졌는지 찾을 수 없었다. 특히 부유물 때문에 랜턴 불빛이 제 역할을 못 했다. 그렇다고 부유물이 가라앉을 때까지 기다릴 수도 없었다.

그때 해수가 한울 팔을 잡았다. 한울이 고개를 돌리자 해수는 자신의 게이지를 들어 보였다. 눈금이 60bar에 멈춰 있었다. 한울은 해수를 바라보며 눈에 힘을 주었다.

'걱정하지 마. 나갈 수 있어.'

한울은 배 안으로 처음 들어올 때의 기억을 되살렸다. 배 안의 해초들과 몸을 튼 방향을 그렸다. 그러고는 천천히 앞으로 나갔다. 나무판을 더듬어 가던 랜턴 불빛이 커다란 구멍을 찾아냈다. 한울은 해수를 보며 손짓했다.

'찾았어. 나가자.'

한울과 해수는 구멍을 빠져나왔다. 한울은 게이지를 확인했다. 60bar였다. 다행이었다. 하지만 해수 눈빛은 흔들리고 있었다. 한울은 해수 게이지를 잡아당겼다. 눈금이 40bar에 멈추어 있었다. 배 안에서 너무 지체했던 것이다. 해수가 손가락을 위로 치켜세웠다. 빨리 상승하자는 것이다. 한울은 상승하기 위해 몸을 세우고 BC 공기를 조절했다. 해수도 BC 공기를 조절하며 몸을 세웠다. 그런데 해수 몸이 갑자기 급상승하기 시작했다. 급상승하는 해수를 본 한울은 쫓아 올라가 해수 다리를 붙잡았다. 해수 눈에는 초점이 없었다. 한울은 자신의 호흡기를 빼서 해수에게 물렸다. 해수가 숨을 크게 내쉬었다. 해수가 두세 번 호흡을 하고 나자 한울은 호흡기를 빼서 자신의 입에 대고 숨을 내쉬었다. 게이지는 30bar까지 내려가 있었다. 짝 호흡을 하며 상승하기에는 공기가 부족했지만 급상승하면 수면 위로 올라갈 수 있을 것 같았다.

한울은 해수 몸을 잡고 상승하기 시작했다. 호흡기를 자신이 한 번 빨고 해수에게 물렸다.

한울과 해수 몸이 빠르게 급상승했다. 해수는 몸을 한울에게 의지했다. 한울의 게이지 눈금은 20bar.

한울은 숨이 막혀 죽을 것만 같았다.

'물 밖으로 나가야 돼. 물 밖으로 나가야만 살 수 있어.'

한울은 머리가 깨질듯 아팠다. 온몸은 방망이로 두들겨 맞은 듯했다. 어느 순간 한울은 몸에서 힘이 빠지는 것을 느꼈다. 얼굴을 일그러뜨리면서도 해수를 잡은 손의 힘은 빼지 않았다.

그때였다.

물 밖으로 파란 하늘이 희미하게 보였다. 한울은 순간적으로 핀을 강하게 차며 몸을 위로 올렸다.

해수는 무의식적으로 숨을 내뱉었다.

"푸핫."

살 것 같았다.

해수는 희미한 의식 속에서 자신을 잡고 있는 한울을 봤다. 한울의 얼굴은 일그러진 채 몸이 굳어 있었다. 정신이 번쩍 났다.

"한울! 한울아!"

해수는 깨질 듯이 아픈 머리를 부여잡고 주위를 살폈다. 보트를 댔던 커다란 바위가 보였다. 온몸의 신경이 파괴되어 버린 것 같은 고통 속에서 축 처져 있는 한울을 꽉 잡고 파도에 몸을 실었다.

해수는 몸의 감각이 점점 사라지고 있다는 것을 느낄 수 있었다. 숨을 쉬기가 힘들었다. 한울을 붙잡고 있는 자신의 몸이 바닷속 깊숙이 가라앉고 있다는 느낌이 들었다.

해수는 한울의 몸을 절대로 놓으면 안 된다는 생각으로 팔에 힘을 주었다. 일행들이 자신들을 빨리 발견해 주길 바라면서.

그때 한울 아빠 목소리가 들렸다.

"저기, 저기 있습니다. 이한울! 하해수!"

"얘들아! 괜찮아?"

백상아리 아저씨가 소리쳤다. 해수는 대답할 수 없었다. 겨우 왼손을 들어 올렸다. 하지만 금방 떨어뜨렸다.

"백상아리님, 한울과 해수가 이상해요."

"안 되겠네. 자넨 빨리 구조 요청을 하게."

백상아리 아저씨가 바다로 뛰어들었다. 백상아리 아저씨는 오른쪽 팔로 한울 목을 감싸고 왼쪽 팔로 해수 목을 감싸며 소리쳤다.

"이 강사, 응급이네. 빨리! 늦으면 안 돼!"

한울 아빠가 다급하게 구조를 요청하는 소리가 나무섬을 울렸다.

"하나 둘 셋! 하나 둘 셋! 여기는 나무섬, 환자 발생. 긴급 구조 요망. 긴급 환자 발생. 긴급 구조 바람."

"하나 둘 셋! 하나 둘 셋! 긴급 환자 발생. 긴급 환자 발생. 긴급구조 바람."

무전기에서 지지직거리는 소리가 들렸다.

한울과 해수를 바위 위로 올린 백상아리 아저씨는 몸이 축 처져 있는 한울에게 심폐소생술을 했다.

"하나, 둘, 셋……."

"하나, 둘, 셋……."

백상아리 아저씨 얼굴에 땀방울이 송글송글 맺혔다. 심폐소생술을 계속하던 백상아리 아저씨는 숨을 헐떡이며 한울 가슴에 귀를 댔다.

"희미하지만 맥박이 잡히는 거 같네."

백상아리 아저씨는 안도의 숨을 내쉬었다.

그때 헬기 소리가 났다.

모래밭에 내려앉은 헬기에 한울과 해수를 옮겼다. 한울 아빠와 한울 엄마가 올라타자 헬기는 굉음을 내며 출발했다.

백상아리 아저씨는 철수를 위해 일행들과 나무섬에 남았다.

한울과 해수는 고압 산소 탱크가 있는 병원으로 옮겨져 바로 치료실로 들어갔다. 해수는 중추신경계 이상으로 폐가 파열돼 의식을 차리지 못하고 있었다. 의사 선생님은 깨어나서도 언어장애와 운동장애가 있을 수 있다고 했다.

한울은 뇌파검사에서 식물인간이 될지도 모른다는 소견이 나왔다.

영원한 버디

해수와 한울은 고압 산소 치료장치(챔버)가 갖추어져 있는 병원으로 옮겨졌다. 두 친구는 혈액 속에 남아 있는 질소를 빼는 고압 산소 치료를 하기 위해 챔버로 들어갔다.

여러 번에 걸쳐 고압 산소 치료를 하는 동안 해수는 차도를 보였으나 한울은 호전되지 않았다. 그는 중환자실에서 산소마스크에 의지한 채 겨우 숨을 내쉬고 있었다.

해수는 일반병실로 옮겨졌다. 하지만 깊은 잠에 빠진 사람처럼 의식이 돌아오지 않고 있었다. 의사들은 기다려 보는 수밖에 별도리가 없다고 했다.

동규는 자신의 꿈을 키우기 위해 밀양연극학교에 들어가기로 했다. 연극학교로 가기 전에 병원을 찾아갔다. 하지만 한울과 해수를 만날 수 없었다. 동규는 두 친구가 다시 건강을 되찾기를 바라며 밀양으로 떠났다.

병원에 온 지 아흐레째 되는 날 새벽.

해수 아빠는 부스스한 얼굴로 병실 문을 열었다. 병실 안을 바라보는 눈동자는 뻘겋게 충혈되어 있었다. 해수가 누워 있는 침대에 엎드린 채 잠들어 있는 아내를 내려다보며 한숨을 길게 내쉬었다.

"휴~"

의식을 차리지 못하는 해수도, 자신의 몸을 돌봐야 할 아내가 매일 밤을 병실에서 보내는 것도 안쓰러웠다.

해수 아빠는 바닥에 떨어진 얇은 담요를 집어 아내 어깨를 덮었다. 그러자 이내는 깜짝 놀란 듯 고개를 들었다. 자신의 뒤에 서 있는 남편을 발견하고는 안심이 되는 듯 침대 위로 고개를 떨어뜨렸다.

"왔어요?"

해수 아빠는 비어 있는 옆 침대를 가리켰다.

"해수 옆에는 내가 있을 테니까 당신은 저쪽 침대에서 눈 좀 붙여."

"아니, 됐어요. 이제 일어나야죠."

"당신, 매일 이렇게 밤을 새다시피 해서 어쩌려고 그래? 몸도 안 좋으면서… 쓰러지면 어쩌려고……."

"걱정하지 마세요. 내 몸은 내가 아니까."

해수 엄마는 깨어나지 않는 해수를 바라보며 남편을 불렀다.

"여보, 꿈을 꿨는데… 너무 생생해서… 꿈이 아니고 진짜 같았어요."

"무슨 꿈인데 그래?"

해수 엄마는 남편을 보며 눈을 반짝였다.

"기철씨, 분명 기철씨였어요."

"뭐, 기철이라고?"

해수 아빠는 충혈된 눈으로 아내를 바라봤다.

"네. 분명 기철씨였어요. 기철씨가 내 손에 해수 손을 꼭 쥐여줬어요. 그러고는 환하게 웃는 거예요."

"그래?"

해수 아빠는 아들을 내려다봤다. 자신도 의자에 앉아서 선잠을 자다가 기철이 꿈을 꾸고 병실로 왔던 것이다.

"여보, 우리 해수 깨어나겠죠?"

"그럼. 깨어날 거야. 꼭 깨어나야지."

해수 아빠 목소리에는 힘이 들어가 있었다.

"그러니까 당신도 힘내. 기철이가 우리에게 힘내라고 꿈에 나타난 거 같아."

남편 말에 해수 엄마는 고개를 끄덕였다.

그때였다.

해수의 새끼손가락이 살풋 움직였다. 찰나였다. 해수 엄마는 그 순간을 놓치지 않았다.

"여보, 손가락, 새끼손가락이 움직였어요."

아내 말에 해수 아빠는 해수 손가락을 내려다봤다. 하지만 아무 반응이 없었다.

"당신, 잘못 본 거 아냐?"

"분명 움직였는데……?"

해수 엄마는 두 눈을 감았다가 떴다. 눈가에 눈물이 맺혀 있었다.

'너무 깊이 생각하다 보면 현실처럼 보인다고 했는데…….'

해수 엄마는 고개를 절레절레 흔들었다.

"분명 움직였어."

해수 엄마는 중얼거렸다. 확신할 수 없는 목소리였지만 힘이 들어가 있었다.

아침 해가 창문을 통해 들어왔다. 날이 밝자 병원 안의 사람들은 여느 날과 마찬가지로 바쁘게 움직이고 있었다.

아침 9시경, 진료를 시작하기 전에 해수 아빠 동기인 신경과 과장이 회진을 왔다.

"김 과장님, 오늘 새벽에 해수 새끼손가락이 움직인 것 같았어요."

"그래? 깨어날 때가 지나긴 했는데……."

김 과장은 해수의 상태를 살폈다.

"아직은… 좀 더 두고 보자. 분명 깨어날 거야. 아마 해수 자신이 깨어나길 거부하고 있는지도 몰라."

'깨어나길 거부한다고…….'

김 과장이 회진을 마치고 나가자 해수 엄마는 해수를 내려다봤다. 김 과장 말처럼 해수 자신이 깨어나길 거부할 수도 있다는 생각이 들었기 때문이다.

해수 엄마는 아이티에 있을 때 스스로 깨어나길 거부했던 환자를 떠올렸다. 해수도 충분히 그럴 수 있었다. 쌍둥이는 떨어져 있지만 무의식 속에서 서로 같은 생각을 하고, 같은 행동을 한다는 연구 결과가 있었다. 해수도 무의식 속에서 한울의 상태를 느끼고 있을지도 모른다는 생각이 들었다.

'해수야, 한울의 상태를 받아들이기 힘든 거니?'

해수 엄마의 눈에서 눈물이 삐져나오려고 했다.

그때 병실 문을 두드리는 소리가 났다.

"똑똑똑."

해수 엄마는 눈물을 훔치고 나서 문을 열었다. 한울 부모님이었다.

"해수는 좀 어떤가요?"

한울 엄마가 해수를 내려다보며 물었다.

"아직까지는… 한울은 차도를 보이고 있나요?"

한울 엄마는 고개를 옆으로 저었다.

"한울이 괴로워했을 것을 생각하면 지금도 마음이 아파요. 한 번만이라도 아니, 단 몇 분만이라도 깰 수 있다면 좋겠어요."

한울 엄마의 두 눈에 눈물방울이 고였다. 한울 엄마는 울음 섞인 목소리로 말했다

"한울에게 해주고 싶은 말이 많은데 깨어나지 않네요."

해수를 내려다보던 한울 아빠가 고개를 돌렸다.

"며칠 전부터 담당 선생님이 이제는 보낼 준비를 하는 것이 좋겠다고 했습니다. 하지만 우리 부부는 보낼 준비를 못 해서… 혹시나 하는 마음이, 잠시라도 깨지 않을까 하는 마음이 우리 부부를 붙잡고 있네요."

"……."

해수 엄마 눈에도 눈물이 고였다. 한울 아빠 눈도 빨개졌다. 한울 아빠는 손등으로 눈물을 쓱 닦아내더니 말을 이었다.

"이틀 전에는 담당 선생님이 우리를 부르더니 한울이 여러 사람을 살릴 수 있다고 하더군요. 한울이 작년에 각막 기증에 서명했다고… 그러면서 깊이 생각해 보라고 했습니다."

"우리는 그것도 모르고 있었어요. 흐흑흑흑."

한울 엄마가 참았던 울음을 터트렸다.

해수 엄마는 한울 엄마와 한울 아빠를 바라봤다. 한울 엄마는 울음 섞인 목소리로 말했다.

"우리 부부는 전혀 생각 못 했던 일이라 당황했어요."

한울 아빠가 말을 이어 갔다.

"그날 이후로 생각해 봤습니다만 한울을 우리 손에서 보내기가 힘드네요. 한울에게 너무 미안해서… 도저히 결정을 내릴 수가 없어요."

잠시 침묵이 흘렀다.

"한울이 다시 깨어날 것만 같아요. 혹시 우리 한울에게 기적이 일어나지 않을까 하는 마음이 들기도 하거든요."

창밖을 바라보는 한울 엄마 목소리는 어느덧 차분해져 있었다.

"네에……."

해수 엄마는 해수를 내려다봤다.

"지금 담당 선생님을 만나고 오는 길입니다. 장기를 이식할 수 있는 시간이 얼마 남지 않았다고 하더군요. 그래서 우리 부부는 이번 주 내로 결정을 내리기로 했습니다. 우리가 어떤 결정을 내리든 해수도 알아야 할 것 같고… 해수 얼굴도 보고 싶고 해서 이렇게 왔습니다."

한울 아빠는 말을 멈추었다가 이어 갔다.

"해수라도 빨리 깨어나면 좋겠습니다."

해수 엄마는 고개를 끄덕였다. 그러고는 고맙다는 인사를 했다.

한울 부모님은 한울에게 가 봐야겠다며 병실 문을 나섰다. 한울 부모님이 걸어가는 뒷모습을 바라보는 해수 엄마 눈에 또다시 눈물이 고였다.

저녁 해가 서쪽 하늘로 기울면서 병원에 어둠이 서서히 내려앉았다. 해수가 누워 있는 병실에 어둠이 깔렸다. 해수 엄마는 침대 한 쪽에 엎드린 채 잠들어 있었다.

"하, 한, 울……."

어둠 속을 뚫고 가냘픈 목소리가 들렸다.

해수의 새끼손가락이 움직이는가 싶더니 약지와 중지가 천천히 움직였다. 잠시 후에는 눈썹이 꿈틀거리더니 입술이 움직였다.

"하, 하… 울, 하… 한… 울……."

해수 엄마는 눈을 번쩍 떴다.

"하, 한… 울."

"해수야!"

해수 엄마는 해수 앞으로 다가갔다. 해수 얼굴이 잘 보이지 않자 침대 위에 있는 스위치를 켰다.

"해수야! 해수야!"

해수를 부르는 해수 엄마 목소리는 떨렸다.

"꿈이 아냐. 분명 꿈이 아냐."

해수 엄마는 중얼거렸다. 진짜 꿈이 아니길 바라면서.

해수의 까만 눈썹이 움직이더니 눈꺼풀이 천천히 아주 천천히 움직였다. 해수 엄마는 입을 다물지 못한 채 해수를 뚫어지게 바라봤다. 병실의 모든 것들이 해수에게 집중되었다. 순간 해수가 눈을 떴다.

"해수야, 해수야, 고맙다. 정말 고마워. 흐흐흑."

해수 엄마의 눈에서 눈물이 떨어졌다.

"엄…마."

해수 엄마는 해수 손을 꼭 잡았다.

그때 병실 문이 열리며 해수 아빠가 들어왔다. 해수 엄마는 남편을 바라봤다.

"여보… 여보, 해수가… 우리 해수가……."

"왜? 무슨 일이야?"

해수 아빠는 아내와 해수 앞으로 다급하게 걸음을 옮겼다. 해수 눈과 마주친 해수 아빠는 해수 손을 잡았다.

"해수야!"

해수 아빠는 해수의 눈동자와 몸 상태를 살피며 떨리는 목소리로 물었다.

"어, 언제 깬 거야?"

"방금이요."

"이제 됐어. 해수야, 고생했다 고생했어. 이제 깼으니 됐어."

해수 아빠는 아내를 꼭 껴안았다.

"하, 한울은요?"

해수 목소리는 가냘팠다.

해수 아빠는 아내를 봤다. 아주 잠깐 동안 침묵이 흘렀다.

"한울은 어떻게 됐어요? 괜찮죠?"

해수 엄마가 해수 손을 꼭 잡았다.

"한울은 중환자실에… 아직 깨어나지 못하고 있어."

해수는 창가로 고개를 돌렸다. 해수의 눈에 눈물이 맺혔다.

해수 아빠는 김 과장에게 전화했다. 해수가 깨어났다는 것을 알리고 해수의 몸 상태 체크해 달라고 하면서 몇 가지 검사를 부탁했다. 해수가 의식을 찾자 병실을 오가는 간호사들이 분주하게 움직였다.

의식을 되찾은 해수는 잠을 자다 깬 사람처럼 하루가 다르게 회복이 빨랐다. 검사 결과도 모든 것이 정상이었다.

수요일 오후 3시.

해수는 엄마가 없는 틈을 타 병실을 빠져나왔다. 로비에서 중환자실 위치를 확인하고 3층으로 걸음을 옮겼다.

중환자실 팻말을 보며 코너를 돌던 해수는 걸음을 멈추고 벽에 몸을 기댔다. 복도 끝 의자에 한올 엄마와 아빠가 앉아 있었다. 해수는 선뜻 한올 부모님 앞으로 다가갈 수 없었다. 그때 백상아리 아저씨 목소리가 들리는가 싶더니 엘리베이터 소리가 났다.

복도가 적막감에 휩싸인 듯 조용했다.

해수는 고개를 내밀었다. 아무도 없었다. 해수는 숨을 크게 내쉬고 나서 중환자실 앞으로 걸어갔다. 그러고는 천천히 손잡이를 돌렸다. 유리문 안에 있는 중환자들이 눈에 들어왔다.

간호사는 다른 환자를 돌보느라 정신이 없었다. 맨 왼쪽 침대에 누워 산소 호흡기에 의지한 채 힘겹게 숨을 내쉬고 있는 한울 모습이 해수 눈에 들어왔다.

'나, 나 때문에……'

해수 눈에 눈물이 고였다.

해수는 유리문 안으로 들어갔다. 한울이 누워 있는 침대로 간 해수는 작은 목소리로 한울을 불렀다.

"한울……"

"……"

대답이 없었다. 움직임도 없었다. 숨을 내쉬는 소리만 기계음과 함께 거칠게 들렸다.

"쌔액~ 쌔액~ 쌔액~"

해수의 눈에서 눈물방울이 뚝 떨어졌다.

'한울, 일어나. 같이 하고 싶은 일이 얼마나 많은데 이렇게 누워만 있는 거야? 같이 여행도 가고, 운동도 하고, 바닷속 생물도 연구하자고 했잖아. 우리 같이 거탐대도 만들었잖아. 바닷속 어딘가에 묻혀 있는 거북선을 찾아야 하잖아.'

한울은 아무 대답 없이 산소통에 의지한 채 힘겹게 숨을 내쉴 뿐이었다.

'한울, 일어나. 안 일어나면 내가 미안하잖아. 일어나란 말이야. 흐흐흑.'

"이봐요? 면회 시간 외에는 여기 들어오면 안 돼요!"

해수를 본 간호사가 쫓아왔다.

"조금만, 아주 조금만 있을게요."

해수는 간호사를 보며 사정했다. 하지만 간호사는 딱 잘라 거절했다.

"면회 시간 외에는 안 됩니다. 빨리 나가 주세요."

해수는 내쫓기듯 밖으로 나왔다. 해수가 병실로 돌아왔을 때 엄마는 침대 위에 앉아 있었다.

"어디 갔다 오니?"

엄마가 일어서며 물었다.

"하루 종일 누워 있기 답답해서요. 잠깐 바람 쐬고 왔어요."

"아까 한울 부모님이 왔었어."

해수는 놀란 눈빛으로 엄마를 바라봤다.

"네? 왜, 왜요?"

"너에게 할 말이 있다고… 나중에 다시 오신다고 했어."

해수는 창가를 바라봤다. 밖의 풍경들이 스산해 보였다. 누렇게 변한 잔디, 그 위를 이리저리 나뒹구는 나뭇잎, 앙상한 가지를 드리우고 있는 나무… 얇은 나뭇가지에 대롱대롱 매달려 있는 말라붙은 나뭇잎. 나뭇가지에서 떨어질 듯 위태롭게 매달려 있는 모습이 왠지 슬퍼 보였다.

해수는 침대로 가서 누웠다. 갑자기 다리에 힘이 풀려 더 이상 서 있을 수가 없었다.

'왜 왔을까? 한울에 대해서 물으려는 건가?'

해수는 피로감을 느끼며 무거워진 눈꺼풀을 감았다.

해수는 엄마와 아빠의 말소리에 잠에서 깼다. 하지만 눈은 감은 채 가만히 있었다.

"여보, 한울 부모님이 찾아왔었어요."

엄마 목소리였다.

"결정했대?"

"네. 그런 것 같아요."

"어려운 결정을 했네."

"해수에게도 알려야 할 것 같다고… 또 해수 동의도 얻어야 할 것 같다고 했어요."

엄마는 해수를 내려다보며 말을 이었다.

"해수, 괜찮을까요? 쌍둥이 형제를 만난 지 얼마 되지도 않았는데……."

"해수도 이제 다 컸어. 한울을 계속 중환자실에 묶어두는 것도 좋은 일이 아니야."

"그렇긴 하지만… 우리 해수 어떻게 해."

해수는 생각에 빠졌다.

'무슨 일이지? 한울에게 뭔 일이 있는 건가?'

모두 잠든 시각 해수는 침대에서 빠져나와 중환자실로 걸음을 옮겼다. 중환자실 문을 열고 들어서자 간호사가 물었다.

"어쩐 일이시죠?"

해수는 유리문 안을 들여다보며 물었다.

"중환자실에… 잠깐, 아주 잠깐만 보고 나오면 안 될까요?"

"지금은 면회 시간이 아니에요. 내일 아침 10시에 오면 면회할 수 있어요."

"꼭 봐야 할 사람이 있어요. 아주 잠깐만 보고 갈게요."

"안 된다니까요. 내일 아침에 오세요."

간호사는 냉정했다. 해수는 한울을 보지 못한 채 병실로 올라올 수밖에 없었다. 해수는 침대에 누웠지만 잠이 오지 않았다. 새벽까지 뒤척이다가 겨우 잠이 들었다.

한울이 해수 꿈에 나타났다.

한울이 해수를 가만히 바라보고 있었다.

'한울, 한울 깨어난 거야? 누가 뭐래도 네가 깨어날 줄 알았어.'

한울이 웃음을 지었다.

'짧은 시간이었지만 너를 만나서 정말 행복했어.'

'왜 그런 말을 해?'

'해수, 네가 내 쌍둥이 형제라는 것을 알게 된 것도.'

'나도 그래. 병원에서 나가면 우리 함께 하지 못한 거 같이 하자.'

'난 이렇게 널 만난 것만으로도 충분해.'

'한울, 나 때문에… 많이 아팠지?'

한울은 고개를 가로저었다.

'너를 위해 뭔가를 할 수 있어서 좋았어.'

'나 때문에 많이 다쳤잖아. 정말 미안해.'

한울은 고개를 저었다. 그러고는 해수를 바라보며 활짝 웃었다.

'항상 웃음을 잃지 말아야 해.'

한울은 몸을 돌려 안개 속으로 걸어갔다.

'어디 가는 거야? 같이 가!'

해수가 불렀지만 한울은 돌아보지 않았다.

'한울! 한울!'

해수는 한울을 부르며 눈을 떴다. 창밖은 희붐하게 밝아오고 있었다.

'아, 꿈이었구나.'

그때 병실 문이 열리며 엄마가 들어왔다. 엄마는 해수 옆 침

대에 누웠다. 해수가 깨고 난 후부터 엄마는 옆 침대에서 지내
고 있었다.

"엄마."

해수는 엄마를 불렀다.

"응. 깼어? 잠이 안 와서 잠시 나갔다 왔는데 잠을 깨웠구나."

"엄마, 한울에게 뭔 일 있는 거야?"

"아니? 왜?"

"그냥. 기분이 이상해서."

엄마는 해수 물음에는 대답하지 않고 다른 말을 했다.

"날이 밝으면 한울 부모님이 너와 의논할 일이 있어서 오신
다고 했어."

해수는 한울이 너무너무 보고 싶었다.

"엄마, 한울에게 데려다줄 수 있어?"

"지금?"

해수는 고개를 끄덕였다.

"지금은 면회가 안 될 거야."

"지금. 지금 꼭 보고 싶어."

엄마는 아무 말 없이 해수를 바라보다가 일어났다.

"그래. 한울에게 가 보자. 엄마도 한울이 보고 싶네. 잠깐만
아빠한테 전화하고……."

엄마는 아빠에게 전화를 했다. 해수가 한울을 보고 싶어 한다고… 잠시만 볼 수 있게 해 달라고….

해수는 중환자실 모퉁이에 멈춰 서서 엄마 팔을 잡았다. 한울 엄마와 한울 아빠 목소리가 들렸다.

"우리 한울을 그냥 이대로 보내도 되는 거야?"

한울 엄마의 울음 섞인 목소리가 들렸다.

"담당 선생님도 그랬잖아. 힘들다고… 저렇게 누워만 있는 것보다 여러 사람에게 새로운 생명을 주고 떠나는 걸 한울도 좋아할 거야."

"흐흐흑, 그래도… 깨어날 수 있잖아. 8년 만에 깨어난 사람도 있었어."

"나도 처음에는 그렇게 생각했어. 하지만 받아들이자. 여보, 한울은 항상 우리 마음속에 남아 있잖아. 한울을 기억하는 사람들도 있고… 한울로 인해서 새로운 삶을 살아갈 사람들을 생각하자."

"그래도 깨어날지 모른다는 생각이 자꾸 들어서… 우리가 선택을 잘하는 건지 모르겠어."

"다른 생각은 하지 말자. 한울에게 어떤 것이 좋은지만 생각하는 거야."

한울 엄마가 고개를 끄덕였다.

해수는 발길을 돌렸다. 엄마가 해수 팔을 잡았다.

"그냥 가요."

엄마는 고개를 끄덕였다. 병실로 돌아온 해수는 침대에 누워 창밖만 쳐다볼 뿐 말이 없었다. 엄마도 창밖을 바라보며 중얼거렸다.

"한울이 살아날 가망이 없다는 판정을 받았어. 중추신경계가 너무 많이 파괴됐대. 저렇게 힘들게 누워 있는 것보다 장기가 필요한 사람들에게 이식해 주는 것이 좋겠다고… 그래서 한울 부모님이 고민 끝에 결정을 내린 거야."

"……."

"해수야."

해수는 고개를 흔들었다.

"안 돼. 안 돼요!"

엄마는 깜짝 놀란 듯 해수를 바라봤다.

"한울이 깨어날 수도 있잖아요. 혼수상태에 빠졌다가 깨어난 사람도 있어요. 8년을 혼수상태로 있다가 깨어난 사람도 있다고요. 한울도 깨어날 수 있어요. 어떻게 이렇게 빨리 보낼 생각을 해요?"

침묵이 흘렀다.

"겨우 한 달이 지났는데… 1년이 지난 것도 아닌데… 이렇게 빨리 보낼 수 없다고요. 보낼 수 없어요."

해수는 이불을 뒤집어쓰고 흐느꼈다. 엄마는 창밖으로 눈을 돌렸다.

해수는 생각했다.

'한울, 작별 인사였어? 왜 이렇게 빨리 작별 인사를 한 거야. 왜? 왜냐고?'

오후가 지나고 밤이 되어도 한울 부모님은 해수를 찾아오지 않았다. 해수는 괜히 불안했다. 가만히 있을 수 없었다. 해수는 중환자실로 갔다. 간호사가 해수를 봤지만 제지하지 않았다. 해수는 한울 가까이 다가갔다. 산소마스크를 쓰고 힘들게 숨을 쉬고 있는 한울을 보자 눈물이 났다. 해수는 한울의 손을 잡았다. 차가웠다.

'한울, 넌 괜찮아? 억울하지도 않아? 제대로 살아보지도 않고 가는 것이 억울하지 않냐고?'

'네가 있잖아. 네가 내 몫까지 열심히 살면 되잖아.'

'한울!'

'난 항상 네 옆에 있을 거야. 우리는 하나야. 난 떠나는 것이 아니야. 너와 함께 있는 거야.'

'이렇게 보내기 싫어. 한울, 미안해. 정말 미안해.'

'해수야, 우린 하나야. 너와 나는 항상 버디로 살아가는 거야. 난 너의 버디고 넌 나의 버디야.'

'응. 우리는 영원한 버디야. 하지만, 하지만 함께 하면 좋잖아. 지금까지 못한 것을 함께 하면 좋잖아.'

'우리는 이미 하나가 되었어. 그러니까 너무 슬퍼하지 마. 난 네 속에 영원히 남아 있을 거니까.'

'한울……'

해수는 소리 내어 한울을 불렀다.

"한울……"

해수는 한울의 손을 잡고 한참을 서 있다가 병실로 돌아왔다. 병실로 돌아온 해수는 한울을 생각했다. 자신과 한울은 영원한 버디라는 것을, 항상 함께 한다는 것을 생각하고 또 생각하고… 밤새 생각 속에 빠져 있던 해수는 결정을 내렸다.

아침이 되자 해수는 엄마에게 한울 부모님을 불러 달라고 했다.

병실로 찾아온 한울 부모님은 해수 동의를 바라면서 자신들 결정을 이야기했다. 해수도 자신의 생각을 이야기했다.

"저도 한울을 보내는 것이 싫지만… 한울과 저는 하나예요. 한울을 보낸다고 생각하면 슬프지만 항상 함께 있다고 생각할 거예요."

해수는 말을 잠시 멈추더니 어렵게 말을 이어 갔다.

"한울은 여러 사람들에게 자신의 생명을 나눠 주고 싶어 해요. 저도 한울과 같은 생각이고요."

"고맙구나. 우리도 힘들게 결정했는데 해수가 그렇게 생각해 주니 정말 고맙다."

한울 부모님이 해수 손을 잡았다. 병실에 있는 사람들의 하얀 눈동자가 빨갛게 충혈되었다. 그들은 애써 울음을 참으며 서로에게 미소를 보냈다.

아침이 되자 의사와 간호사들이 분주하게 움직였다. 중환자실에 누워 있던 한울이 수술실로 옮겨지면서 바빠졌다.

다섯 개의 수술실에는 장기를 기증받을 환자가 수술을 기다리고 있었다. 의사와 간호사들이 수술 준비를 끝내자 한울을 수술실로 옮겼다.

몸이 건강했던 한울은 각막에 이상이 있는 4살 남자아이에게, 백혈병으로 고생하던 10살 아이에게, 20대 대학생에게, 40대 아줌마와 50대 아저씨에게… 자신의 장기를 필요로 하는 사람들에게 새로운 삶을 주고 떠났다.

그 후 …

10년 후,

해양생물학자가 된 해수는 태평양심해연구소에서 연구원으로 근무하게 되었다. 태평양심해연구소에 온 지 6개월.

해저를 탐사하면서 심해 생물을 연구하는 해수는 그날그날의 연구에 최선을 다했다. 자신이 하고 싶은 일을 하면서 한울의 꿈을 이루고 있다는 것은 해수에게 있어서 즐거운 일이었다.

20년 전만 해도 심해 탐사대원들이 직접 심해로 내려가서 조사해 온 것을 바탕으로 연구를 했다. 하지만 지금은 원격조종 로봇을 심해로 내려보내고 있다.

가끔씩은 해저 탐사대원이 직접 심해로 내려가기도 했다.

해수는 연구원이면서 심해 탐사대원으로 직접 심해로 내려가서 생물을 살피고 오는 경우가 많았다.

심해연구소 탐사대원들의 과거 사진들 속에 '기철'이라는 한국인 대원이 있었다. 휴가를 얻어 쌍둥이 아기를 보기 위해 귀국했다가 자동차 사고로 사망한 사람, 유망한 해저 탐사대원이었던 기철의 죽음은 심해연구소 사람들에게는 안타까운 일로 기억되고 있었다.

심해는 아무것도 없는 어둠에 싸인 모래사막처럼 보이는 곳이기에 해수의 호기심을 증폭시키고 있었다.

해수는 바닷속 또 다른 세계인 심해로 내려가기 전에 버릇처럼 그분의 사진을 봤다. 한울과 너무나 닮은 얼굴. 동료들과 활짝 웃고 있는 모습을 보고 있으면 왠지 마음이 편안했다. 꼭 한울이 옆에 있는 것 같은 착각을 일으키곤 했다.

해수는 미뤄 두었던 심해 생물 사진들을 살피기 위해 주말을 연구소에서 혼자 보내고 있었다. 컴퓨터에서 꽃해파리 종류를 살피던 중 암석 사이에 나 있는 가느다란 줄 모양의 틈을 발견했다. 그전에는 보지 못했던 틈이었다.

'뭐지?'

사진을 뚫어지게 바라보던 해수는 일어서서 걸음을 옮겼다.

해수가 도착한 곳은 심해로 내려가는 입구로 심해 잠수정이 있는 곳이었다. 잠수정과 원격조종 로봇도 주말 동안 휴식을 취하며 자신들의 자리를 지키고 있었다.

해수는 잠수정 문을 열고 안으로 들어갔다. 기계를 조작하는 해수의 손은 능숙하게 움직였다.

'그래. 잠깐 내려갔다 오는 거야.'

잠수정이 소리를 내며 물속으로 들어갔다.

컴컴한 바닷속에서 잠수정 불빛이 길을 만들어 주었다.

심해로 내려갈수록 해초류 같은 식물들은 볼 수 없다. 죽음의 사막처럼 컴컴하다. 하지만 그 속에서 살아가는 생물체들이 있다. 바로 심해 생물이다. 심해 생물들은 스스로 빛을 만들어 낸다. 생물 발광은 심해 생물체들의 의사소통의 한 방법이라고도 할 수 있다.

해수는 전날 밤에 꿈속에서 만났던 한울을 떠올렸다. 한울은 해수를 보며 뭔가를 말하고 있었다. 한울의 웃는 표정에서 나쁜 일이 아니라는 것을 알 수 있었다. 한울이 이야기하는 것을 들을 수는 없었지만 무슨 말을 하는지 알 수 있었기 때문에 해수는 고개를 끄덕였다.

해수는 한울의 생각에서 깨어났다.

자신의 몸을 감추기 위해 빛을 발산하는 대왕종해파리, 먹이를 찾기 위해 빛을 뿜어내는 물고기, 몸 전체가 투명한 유리문어, 왕눈이 유리오징어, 꽃해파리들이 보였다. 해수는 심해 생물체들의 매력에 푹 빠져들었다. 가끔씩 무시무시한 생물체가 해수를 놀라게 했지만 해수의 호기심을 없애지는 못했다.

해저는 평평하기만 한 것이 아니라 해산이라는 활화산과 휴화산이 있으며 가파른 암석들도 많았다.

해수는 사진에서 봤던 협곡으로 잠수정을 몰았다. 날카로우면서 가파르게 형성된 암석을 따라 내려가는 협곡은 암흑에 싸여 있었다. 그 암흑 속을 잠수정의 가느다란 불빛이 길을 밝혀 주었다.

잠수정은 협곡 바닥으로 천천히 내려섰다.

해수는 사진 속에서 봤던 틈을 찾기 시작했다. 하지만 틈은 그 어디에도 없었다.

'사진 속에서 보였던 틈이 어디쯤에 있는 거지?'

암흑으로 뒤덮인 암석 주변은 모래사막처럼 메말라 있었다. 심해 생물들의 무덤과도 같았다. 해수는 커다란 암석 앞에서 멈추었다. 뭔가 알 수 없는 차가운 기운과 동시에 뜨거운 열기가 느껴졌다. 암석 주변에 뭔가가 있는 것이 분명했다. 해수는 작은 것 하나도 놓칠 수 없다는 생각으로 암석 주변을 살폈다. 하지만 아무것도 보이지 않았다.

'한울, 너라면 찾아냈겠지?'

그때 암석 끝에서 가느다란 빛이 보였다가 사라졌다. 자신이 착각했을지도 모를 그곳에 잠수정을 멈추고 카메라를 갖다 댔다. 렌즈를 통해 암석 주변을 바라보던 해수 눈동자가 한곳에 멈추었다. 아주 작은 틈이 눈에 들어왔기 때문이다.

해수는 미세 카메라를 틈 안으로 집어넣었다.

컴컴한 어둠만이 카메라를 통해 들어왔다. 끝없이 이어지는 어둠이었다.

'컴컴한 어둠뿐이네.'

해수는 카메라를 끌어당기기 시작했다. 그때, 아주 작은 빛이 보였다. 작은 온점을 찍어 놓은 것 같았다. 해수는 미세 카메라를 빛이 보이는 곳으로 넣기 시작했다. 빛이 가까워지면서 주변이 밝아졌고 카메라에 조각난 물체들이 잡혔다.

'뭐지?'

해수는 조각에 집중하며 셔터를 눌렀다.

조각 속의 글자가 눈에 들어왔다. 잘 보이지 않아 정확하지 않았지만 글자가 분명했다. 해수의 손은 빠르게 셔터를 눌러댔다. 그때 잠수정 안에서 빨간불이 반짝이기 시작했다. 너무 오랜 시간 동안 해저에 머문 것이다.

상승해야만 했다.

해수는 카메라를 끌어당겼다. 그리고 상승하기 시작했다.

연구소로 들어온 해수는 카메라 칩을 컴퓨터에 넣고 사진을 살피기 시작했다.

해수의 심장이 뛰기 시작했다. 지금까지 바다에서 실종됐던 배와 비행기들의 비밀을 풀 수 있는 증거가 될 수도 있기 때문이다.

해수는 잠시 휴식을 취하기 위해 밖으로 나왔다. 연구소 옥상에 올라간 해수는 두 팔을 길게 뻗으며 하늘을 올려다봤다.

'한울……..'

한울은 항상 해수의 마음속에 있었지만 오늘 같은 날은 더욱더 보고 싶었다. 바닷속 세계에 대해서 마음껏 이야기를 나누고 싶었기 때문이다.

'한울, 보고 싶다.'

한울의 웃는 얼굴이 구름이 되어 나타났다. 항상 해수를 응원해 주는 한울의 얼굴이었다.

바닷속은 정말 신비롭고도 놀라운 세계다.

지구 해수면의 끝.

사람들은 새로운 세계를 찾아 나섰다.

미지의 세계를.

인간이 상상하지 못했던 다양한 생물체들의 존재를 알고 감동에 휩싸였다.

그리고,

지구에 인간만이 아닌 다른 생물체의 존재를 인정하기 시작했다.

"뭘 할까?"

"뭘 해 보지……"

하고 싶은 것은 많은데 막상 하려고 하면 무엇을 해야 할지 모르는 경우가 많습니다. 바쁘게 움직이는데 뭘 했는지 모를 때도 있습니다.

'어떻게 살아가야 하는가?, 어떻게 사는 것이 제대로 사는 것인가?' 하는 것은 중요한 문제인데도 요즘 사람들에게는 좋은 직장에 들어가는 것이 목표가 되고 있습니다. 좋은 직장에 들어가기 위해 좋은 대학을 가야 하고, 좋은 대학에 가기 위해 좋은 고등학교를 가야 하고, 그러기 위해 초등학교 때부터 경쟁에 지친 아이들. 이 시기에 해 볼 것들이 많은데도 못 해 보고 공부만 하면서 보내는 10대 청소년들을 보면 안타까울 때가 많습니다.

청소년기에는 호기심도 많고 하고 싶은 것도 많아야 합니다. 여러 가지 악기와 여러 가지 스포츠를 할 수 있는 기회가 주어진다면 얼마나 좋을까 하는 생각도 해 봅니다. 하지만 현실이라는 큰 벽에 부딪히게 됩니다. 그래서 소신 있는 어른들과 청소년들이 많이 생겨났으면 하는 마음입니다.

대학에서 산악부 활동을 하며 암벽 타는 것을 좋아했고 원정대에 끼어 혹독한 훈련도 받아 봤습니다. 강원도 정선에서 영월까지 아이들과 걷기도 했고, 여름 방학이면 래프팅을 즐겼으며, 자전거를 타고 구례에서 섬진강을 따라 하동 쌍계사까지 달리기도 했습니다. 이러한 경험들은 나에게 중요한 자산이 되었습니다. 어떤 일을 할 때 주저하기보다 우선 그 일에 부딪쳐 보게 되고, 뭐든지 하면 된다는 긍정적인 사고를 가지게 되었습니다. 이러한 사고는 내가 살아가는 데 큰 힘이 되었습니다.

40대 중반에 시작한 스쿠버는 또 다른 세계를 맛보게 해 주었습니다. 바닷속을 들여다보면서 자연의 위대함을 다시 한 번 느끼게 되었습니다.

8년 전, 스킨스쿠버를 시작하면서 쓰기 시작한 작품이 청소년소설인 《버디》입니다. 버디는 '짝'을 말합니다. 스킨스쿠버를 할 때 혼자 바닷속으로 들어가는 것은 위험한 일입니다. 그렇기 때문에 어떤 위험에 빠졌을 때 도움을 줄 수 있는 '짝'인 버디와 함께 바닷속으로 들어가게 됩니다. 책 속의 주인공인 한울과 해수는 서로의 버디입니다.

우리는 살아가면서 수많은 짝을 만납니다. 학교에서도, 사회에서도. 좋은 짝을 만나면 서로에게 도움이 되고 힘이 됩니다. 하지만 그 짝을 잃는 경우도 있습니다. 짝을 잃는 다는 것은 슬픈 일이지만 거부할 수 없는 운명일 수도 있습니다. 《버디》는 두 소년의 만남을 통하여 우정과 꿈을 이야기하고 있습니다. 이별의 아픔을 겪었지만 남아 있는 소년이 잃어버린 짝의 꿈까지 이루며 미래를 향해 나아가는 이야기입니다.

스킨스쿠버를 4년 정도 했을 때 필리핀 보홀로 스쿠버 여행을 떠났습니다. 보홀의 팡글라오시에 있는 '오션어스샵'에 5일 동안 머물면서 보홀 바닷속을 엿보게 됐습니다. 샵 앞 바닷가인 리바옹 비치에서 45m 밑에 있는 난파선을 보기도 했고, 동굴처럼 뻥 뚫린 곳을 들어가 보기도 했습니다. 배를 타고 발리카삭으로 이동해서 보트다이빙을 하면서 다양한 빛깔의 산호와 색색의 물고기와 거북이를 보면서 신비로움에 젖었던 기억을 지울 수가 없습니다. 그때 바닷속 세계에 대해서 글을 써야겠다는 생각을 했습니다. 글을 쓰면서 제주도에서의 스쿠버다이빙을 떠올렸고, 홍도 돌섬과 욕지도, 그리고 사랑도에서의 스쿠버다이빙 기억을 떠올리며 책 속에 담았습니다.

청소년기에는 많은 것들을 경험해 보라고 권하고 싶습니다. 이론적인 것과 실제 경험은 많은 차이가 있습니다. 책을 통해서 간접 경험을 해 보는 것도 좋지만 직접 해 볼 수 있는 기회가 온다면 적극적으로 참여해 보길 바랍니다.

방학이 되면 펜을 놓고 여행을 떠날 수도 있어야 하고, 양로원이나 지역아동센터에서 봉사도 할 수 있어야 합니다. 이와 더불어서 여러 가지 스포츠를 즐길 수 있다면 더욱 좋겠다는 생각이 듭니다. 저는 기회가 주어지면 여행을 떠납니다. 티베트, 몽골, 모로코의 페즈와 사하라 사막, 스페인의 세비야 등 세계는 정말 넓습니다. 청소년기에 하는 여행은 살아가는 데 있어서 좋은 스승이 될 것입니다. 그만큼 여러분 모두 꿈도 크게 가지길 바랍니다.

이 책을 손에 쥐고 읽는 모든 학생들과 어른들에게 꿈과 희망을 드리고 싶습니다.

현정란